KB098955

호모 스튜피드

이 도서의 국립중앙도서관 출판예정도서목록(CIP)은 서지정보유통지원시스템 홈페이지(http://seoji.nl.go.kr)와 국가자료종합목록 구축시스템(http://kolis-net.nl.go.kr)에서 이용하실 수 있습니다.
(CIP제어번호 : CIP2020006338)

J.H CLASSIC 046

호모 스튜피드

홍문식 시집

지혜

시인의 말

인간이란

이해할 수가 없다

어떻게 보면 영악스러운 것도 같고

어찌 보면

어리석은 것 같기도 하고

그래서

연구대상인지는 모르겠지만

경자년 서재에서

홍문식

차례

2부 호모 사피엔스

3부 버려야 할 것들

4부 살모사

• 일러두기
한 연이 첫 번째 행에서 시작될 때는 > 로 표시합니다.

1부

서시序詩

결코 잊지 않으리라
처음 그 마음을

하늘을 우러러 부끄럽지 않게 살리라

절대로
미워하지도 않고 증오하지도 않으리라
속진의 때를 묻히지도 않으리라
세속에 물들지 않으리라
욕심 없이 살고
비굴하게 살지도 않으리라
뿌린 만큼만 거두며 아름답게 살리라
낭비하지 않으리라
어렵다고 좌절치도 않으리라
별 헤는
순수한 마음으로 살리라

이른 새벽 길어 온 정화수같이
그렇게 맑고 깨끗하게
인간답게 살리라

경고

— 하나뿐인 지구가 인간의 욕심 때문에 죽어가고 있다 그 징후가 여기저기서 나타나고 있다

상생이란 함께 사는 것이다
무소의 뿔처럼 혼자서 가려 하질 말고
다른 생명체들과 함께 가기를
멸망하지 않으려면
지금 거기서 더 나아가지 말고 멈추기를
유아독존은 다 함께 죽자는 것
너와 나 우리 모두의 영원한 삶을 위해선
더 이상 나아가지 말기를
거기가 마지노선이고 마지막 기회라는 것임을
생각에 생각을 더해 보기를
어찌해야 되겠는가를
배려할 때 빛나는 게 사랑이라고
아무리 인간을 위해 만든 세상이라곤 하지만
이 세상천지엔
우리 인간들만 사는 게 아님을 명심하기를
미물들이 살 수 없으면 인간도 살 수 없음을 알기를
과욕은 화를 부르는 법
아끼고 배려해가면서 함께 살기를
번영과 멸망은 우리가 결정할 일
뿌린 대로 거두는 것임을.

미친놈Crazy guy

이 삭막한 세상에

아직까지도 그런 얼빠진 놈이 있었다니

그놈, 혹시 미친놈Crazy guy 아냐

제 정신 가진 인간이 어떻게 그런 짓을 할 수 있겠어

미친놈, 정신 나간 놈

할 일 없으면 잠이나 자든지

그렇게도 할 일이 없어

고생 고생해 힘들게 번 걸 남한테 왜 퍼주는데

가난은 나라도 구제하질 못한다는데

눈뜨고 있어도 코 베어 가는 세상인데

아직도 그런 미친놈이 있다니

안 먹고 안 쓰고 뼈 빠지게 벌어서

남 좋은 일이나 시키다니

그런 정신 나간 얼간이가 어디 있어

하긴 그런 놈이 있기 때문에 세상은 살만하다고 하지만

아무나 미치는 게 아니라고

사기치고 도둑질 하는 놈은 절대로 안 되지

낙타가 바늘구멍 통과하기가 쉽지

나눔이 얼마나 어려운 일인지 알기나 하고

미치지 않고서는 불가능하지

어때,

당신도 한 번 미쳐보는 게

Homo Stupid

— 바보 인간

온실가스 때문에
지구의 평균기온이 2℃씩이나 높아지고
북극과 남극의 빙하가 빠르게 녹아내린다고 하는데
해수면이 65m나 상승한다는데
플라스틱 쓰레기가 태평양을 뒤덮었다는데
미세먼지 때문에 죽겠다고 난리들인데
지구의 멸망이 20년 1월1일 현재 18년 77일밖에 안 남았다는데
발등에 불이 떨어져 인류가 전멸을 한다는 데도
눈도 깜짝하지 않는 인간들
간이 큰 건지 정신이 나간 것인지
그게 나하고 무슨 상관이냐는 듯
설마! 인류가 멸망한다는데 가만히 있을라고
어떻게 되겠지 무슨 수가 나겠지
죽으면 나만 죽나
다들 제정신이 아니다 미쳐도 단단히 미쳤다
돈은 벌어서 뭘 하겠다는 것인지
돈만 쥐고 있으면 살 수가 있는 것인지
아무리 생각을 해도 이해가 가질 않는다
바보 등신 머저리 같은 인간들

지구가 멸망을 한다는데도 정신을 못 차리고

이렇게 말할 시간조차도 아까운데

설화舌禍

붉은
세 치 꽃잎

속살거릴 땐
초콜릿처럼 달콤하고
우유처럼 부드럽다가도
가시 돋치면
맹독을 품고 있어
심장을 찢는다는 거

잊고 살면
안 된다

섬

파도가 섬을 다그치는 이유를
섬에 갇혀 뭍으로 나올 수 없게 된 후
알게 되었다
섬이 뭍에 가 닿고 싶어도
바다가 가로막고 있어 가 닿지 못한다는 것을

파도가 높아 섬에 갇힌 후에 알게 되었다
바다가 섬을 막아서는 이유를
섬이 뭍에 닿게 되면
뭍에 정신을 빼앗긴 섬이
바다를 영영 떠나게 될까봐
섬이 뭍을 생각하지 못하게
파도가 끝없이 철썩이며 섬을 다그친다는 것을

파도가 섬의 주위를 끝없이 맴도는 것은
섬을 위해서가 아니라
바다 자신이
외로워지지 않기 위해서라는 것을
섬에 갇힌 후 확실히 알게 되었다

위리안치

종이쪽지 한 장이 운명運命을 가르던 때
입 있는 자들은 모두 어상천*엔 가지 말라고 했다
더구나 피 끓는 청춘은 갈 곳이 아니라 했다
한 번 들어가면 나올 수 없는
험난하고도 지옥 같은 곳이라고 했다
더더구나 도회생활에 젖었던 사람은 못살 곳이라 했다
무주구천동이나 삼수갑산보다 더 오지奧地라 했다
버림받은 사람만이 가는 곳이라 했다
우리들에게 어상천은 그렇게 지옥보다 더한 곳으로
뇌리 속 깊이 각인되었다
어상천은 사람이 살 수 없는 곳인 줄로만 알았다
공부 못한 찌질한 놈들만 가는 곳이라 했다
재수 옴 붙은 놈만 가는 곳인 줄 알았다
그런 어상천에 나는 위리안치 되었다
헌데 막상 들어가 보니 천국이 따로 없었다
법 없이도 살아가는 착한 사람들
어상천은 아무나 갈 수 없는 곳처럼
속진俗塵의 때 묻은 사람이 가선 안 되는 곳이었다
나는 그곳에서 내 삶을 반성하고
법 없이도 살 수 있는 착한 천국인天國人이 되었다

어상천은 아무나 갈 수 있는 곳이 아니었다
선택 받은 자만이 갈 수 있는 곳이었다

* 행정구역 : 충청북도 단양군에 속한 면 소재지.

시비

전화 벨이 울렸다
다짜고짜 설해목소리를 들었느냐고 따졌다
바람소리 때문에 못 들었다고 했더니
귓구멍이 있는데도 못 들었느냐고
되몰아 쳤다
귀가 있으면 다 듣느냐고 받았더니
계집애 나이가 어른들 연세만큼 처먹었으면서도
주둥일 함부로 놀린다고 몰아붙였다
아예 설해목소릴 들은 것으로 못을 박았다
그 말을 믿느냐고 반문했다
머리 떼고 꼬리 자르고
몸통만 가지고 용이라고 우기는
믿을 수 없는 말을
손녀딸도 딸인데 그럴 리 없다고 했다
엄마가 없는 소리 하냐며
확신에 찬 양 뜬어 먹을 듯이 말했다
말도 안 된다고 했다
불신의 강은 점점 깊어만 갔다

목포

목포는 항구다
윤심덕이가 목포를 항구라 했다 아이가
어느 시러배 같은 인간이
목포는 항구가 아니라고 했던가 보다
어쨌든 윤심덕이 때문에 목포는 항구가 됐는 기라

목포는 이별의 도시다
그래서 가슴 아픈 곳이다
떠나보내는 사람도 떠나는 사람도
가슴에 이별의 아픔을 간직하고 있다 아이가
그래서 목포는 서글픈 기라

목포는 애달픈 도시다
사공의 뱃노래가 애간장을 녹인다 케도
홍어 삭힌 냄새처럼 오장육부를 뒤틀어 싸도
아무도 싫어하질 않는다 아이가
싫어한다고 사라질 냄새도 아이지만서도

그래서 목포는 항구인기라

고수高手

사색하기 좋은 카페에서
조용하고 아늑한 자리를 접어두고도
창가의 자리를 고집하는 자들은
눈을 의식하는 자들이다
자신이 누군가에게 읽혀지기를 원하고
그걸 즐기기 위해
창가 쪽 자리를 고집한다 그들은
그런 자들은 수가 한참 낮은 하수들이다
진정한 고수는 창가를 찾지 않는다
시선도 햇빛도 찾지 않는
바위 밑 같이 축축하고 음습해
남의 눈을 피할 수 있는
구석진 자리를 찾는다
그런 곳을 찾는 자들이야 말로
은밀히 고독을 즐기는 자들이고
진정한 고수들이다
고수는 코뿔소의 외뿔처럼 혼자서 간다

목어

남도 땅 조계산 송광사에 가면
법고 전 옆에
인제 한계령 덕장에서 배달된 마른 북어
한 마리 매달려 있다

창시도 쓸개도 다 빼내 몸통만 남아
삭정이처럼 메말라
두드리면 인디언북소리가 날 것 같은

절집으로 들어온 후부터
부처만 바라보며

부처님 말씀 듣는 것만으로도
득도의 경지에 이를 수가 있는 것인지

삼시세끼 공양도 잊은 채
오늘도 제 몸을 두들겨
중생 제도를 위해
애절하게 아미타를 찾고 있다

람보르기니

세상 사람들은 왜 너와 나의 사귐을
내로남불로만 보는지 모르겠다
난 전혀 이상할 게 없다고 생각하는데
물론 네가 내겐 과하다는 것을 인정하지만
불륜은 아니라는 거지
벗겨 놓고 보면 인간은 누구나 다 똑같은 것을
너를 사귀는데 있어 자격제한이 있는 것도 아닌데
왜 이상한 쪽으로만 생각들을 하는지
자격지심인지는 모르겠지만
나는 네가 사람차별을 하지 않을 거라는 걸 의심치 않아
만약 네가 차별하는 애였었다면
난 너와 사귀고 싶은 마음이 없었을 거야
의도적으로 나를 대하지 않아도
나에게 있어 넌 다른 수많은 아이들과 다를 바가 없지
길들여진다는 것은 서로 친해지는 걸 의미하지
솔직히 나도 네가 부담스럽기는 해
그래서 너와 사귄다는 게 기쁘지만은 않아
너 역시 나와 사귀는 게 달갑진 않겠지
그렇지만 네가 나를 길들인다면
나는 너에게 특별한 존재는 될 수가 있지

그동안 난 너무 외로웠어 그래서 네가 필요해
내 연인이 되어줄 수 있지?

* 앙투안 드 생텍쥐페리 작『어린왕자』의 문장을 빌려씀. 14, 15, 19 20행.

상품商品

오이 가지 무 같은 농산물들 중에
주부들에게 인기가 높은 상품으로 팔리는 것은
몸이 뒤를 받쳐 주어야 한다
키빼기도 훤칠하고 성격도 부드럽고 연하면서
깎은 밤처럼 단정하고
덩치도 남보다 크고 싱싱하면서도 영계처럼
생기발랄한데다 잘 생겨야 하고
게다가 여심을 사로잡을 수 있는 비기를
하나쯤은 갖추고 있어야 한다
많고 많은 농산물들을
이리저리 뒤집어 보던 중년주부
길쭉길쭉하고 잘생긴 농산물들 중에
가장 실한 놈들을 시장바구니에 담는다
난 아무리 봐도 믿을 수없는 놈들 같은 디
잘나고 때깔 좋은 놈이라고 선택받은 농산물들.
때 빼고 몸값을 높이기 위해
비아그라 먹인 걸 아시는지 모르시는지

연하장

연말연시를 맞아 인사할 데가 많은지
스마트 폰이 난리가 났다
까톡까톡 거리며 시끄럽게 굴기에
무슨 일이 났나 하고 핸드폰을 켰더니
동영상으로 연하장이 도착했다
한복을 곱게 차려입은 화동이
새해 복 많이 받으라며 큰절을 한다
헌데 연하장 영상이
마음에 쏙 와 닿지를 않는다
습관적으로 나도 동영상을 복사해
지우들에게 연하장을 보냈다
참 세상 편리해지고 좋아졌다
그런데 왜 연말연시에 연하장을 받고도
어째 기쁜 마음이 들지를 않고 쓸쓸하기만 한 걸까
나이를 먹는 것이 서글퍼서
손 글씨로 정성들여 쓴 연하장이 아니라서
디지털 식 감정 없는 연하장이라서
손으로 그린 정성 깃든
아날로그 식 연하장을 받고 싶은가
감성을 자극하고 인간미가 물씬 묻어나는
그런 아름다운 연하장을

종이 집

몇 백억짜리 집을 짓고 있다
도둑질 않고는 도저히 엄두도 낼 수 없는
대 재벌이나 권력가들만 가질 수 있는
그림 같은 대 저택을
나도 한번 가져보겠다고 용을 쓰고 있다
샐러리맨이 한평생 쓰지 않고 모아도
살 수 없는 집을 나는 내 손으로 짓고 있다
돈이라고는 고린전 한 푼 없는 내가
어떻게 그 멋진 집을 지으려고 하는지
도둑놈 심보가 아니고서야 어떻게
내 집을 갖기 위해 그동안 나는
곱디고운 내 청춘을 얼마나 허비했든가
월세 방을 전전하며
집 없는 설움을 뼈저리게 느꼈던 나는
현실을 하얗게 망각한 채
푸르른 내 젊음을 통다지*로 바쳤으나
내 집 꿈은 꿈도 꿀 수가 없었던 내가
대궐 같은 내 집을 갖겠다고 집을 짓고 있다
집 갖는 일이 평생의 비원이 되어
새처럼 아름답게 사는 꿈을 접을 수 없어

물에 젖으면 허물어져 내리는 종이집을 짓고 있다

* 통째로.

재주는 곰이 부리고 돈은 되놈이 받는다

재주는 곰이 부리고
돈은 되놈이 번다는 말이 있다
곰이 재주를 부린다 재주를 부릴 줄 안다
헌데 곰은 재주만 부렸지 돈 받을 줄은 모른다
돈의 필요성을 모르기 때문이다
그래서 재주는 곰이 부리고
돈은 되놈*이 받는다는 말이 생겼는가
지금까지는 그랬으나 앞으로는
곰이 돈도 직접 받아야 한다
뒤뚱거리고 다니면서 받아야 한다
되놈은 강 건너 불구경 하듯 웃고만 있다
웃는 이유가 있다
곰은 돈이 필요 없다는 걸 알기 때문
말들이 많아 말을 피하기 위한 방편이라지만
곰은 할 일이 훨씬 많아졌다
재주는 곰이 부리고 돈은 되놈이 받는 악습이
사라진 줄 알겠지만 그렇지가 않다
겉으로 드러나지 않았을 뿐
자세히 들여다보면 곰만 더 힘들게 됐다

* 되놈 : 중국 사람을 낮춰 부르는 말.

2부

호모 사피엔스

호모 사피엔스

대저大抵
인간이란 어떻게 생겨먹은 짐승들일까
어떻게 보면 하는 짓이 개만도 못한 것 같고
또 어찌어찌 살펴보면
신보다도 더 위대한 것도 같고
스스로 신에 가깝다고 떠들어대는 인간들
도대체 저들을 뭐라고 말을 해야
정확히 표현할 수 있을까
아무리 생각에 생각을 더해 봐도 도무지 이해가 안 간다
못 먹는 게 없고
못 하는 게 없을 뿐만 아니라
모르는 게 없는 것 같은데도 하는 짓은
더듬이 떨어져 나간 개미처럼
제자리를 벗어나지 못하고 맴돌기만 하고 있으니
도대체 어디 까질 믿어야 하고
믿을 수가 있는 것인지
영악스러운 건지 미련하고 둔한 건지
스스로 제 무덤을 파는 어리석은 인간들

세상 사는 법

사람이 세상을 살다보면
자신이 자신을 바로 세워야 할 때가 있다
잘할 수 있다고 잘하고 있다고
감독이 선수에게 용기와 자신감을 불어넣듯
내가 나에게 용기를 불어넣고 격려를 해야 할 때가 있다
사람이 세상을 살다보면
자신이 자신을 굽혀야 할 때도 있다
잘난 척 하고 싶고 팔불출처럼 오만해질 때
내 행동에 절제된 규제가 필요할 때
내가 내게 거는 제동이 필요할 때가 있다
사람이 세상을 살다 보면
거짓말을 할 때도 있고 죄를 지을 때도 있다
아무리 그래도 거짓말을 하거나 죄를 지어선 안 된다고 하지만
마음먹은 대로 되지 않는 게 인생이다
인생이란 펄펄 살아 움직이는 생물이라서
마음먹은 대로 되는 게 아니다
그러나 착하고 바르게 살도록 노력해야 한다
나중을 생각해서

마음 비우기

노을이 질 때 서산 개심사에 가보고 싶다
거기서 내 삶을 되돌아보고 싶다
석양 노을에 이우는 연꽃을 바라보며
개심사 입구 통나무 다리에 기대어 서서
껄끄러운 욕심을 내려놓고
사람이 어떻게 이울어야 하는가
그것을 깨우치고 싶다
욕심이 많아 갖고 싶은 게 많아 번뇌가 깊어
이대로 죽기에는 죄과가 너무 큰 것 같아
마음 편히 죽을 수 없을 것 같다
영원히 살 수만 있다면 영원히 살고 싶지만…
그렇게는 안 되니
마음을 비워야지 어떻게 하겠는가
꽃이 어떻게 이우는지
서산 개심사에 가서 깨우치고 싶다
노을이 질 때

인간

짐승도 동족은 해치질 않고
나눔과 배려로 사랑을 실천한다고 하는데
만물의 영장이라고 ㅈㅗㅈ 자랑하는 인간들이
대가리를 굴리고 쌈박질*하는 꼴을 보면
아무리 생각을 하고 또 해봐도
도무지 인간 같지가 않다 짐승만도 못한 것 같다
말로는 평화를 사랑한다면서도
돌아서선 칼을 가는 인간들
그들의 위선을 어떻게 설명을 해야 할지
무기 만들 재화나 노력을 인류 번영을 위해 쓴다면
온 세상이 평화로울 텐데
굳이 수많은 돈과 시간을 낭비하면서까지
총 칼로 남의 것을 빼앗으려 하는 까닭이 무엇인지
인간들의 그런 이율배반적 행위를 어떻게 설명을 해야 할지
하는 짓을 보면 본성이 악한 것도 아니고
그렇다고 착한 것도 아니고
저승 갈 땐 아무것도 가져갈 수 없다는 걸
빤히 알면서도 왜 그러는 걸까
도저히 이해가 가질 않는다
본시 인생이란 색즉시공 공즉시색인 것을

* 싸움질.

삶이 죽음으로 바뀌는 시간

시장 닭집을 기웃거리다
복달임용 피둥피둥 살찐 토종닭을 고른다
철망 밖을 주시하던 닭들
살의를 느꼈는지
눈망울에 긴장감이 잔뜩 묻어 있다
말 한 마디에 생사가 갈리는 닭들의 운명
왜 죽어야 하는 지도 모르는 채
철망 밖으로 끌려 나와
날갯죽지를 잡혀 꼼짝도 못한 채
숨이 끊기고 붉은 피를 솟구쳐 올리며
하늘을 붉게 물들인다
설설 끓는 물에 튀겨지고 통돌이 안으로 던져져
털이 뽑히고 닭살이 돋친 채
도마 위에서 목과 날개가 잘리어 나간다
발목이 잘려 나가고
배가 갈리고 내장이 통째로 뜯겨져 나온다
몸이 순식간에 도륙을 당한다
삶이 싸늘한 죽음으로 바뀌는데
13분밖에 안 걸렸다

신뢰도

솔직히 말하면 가톨릭신자인 나도
원시시대나 다름없는 기원전에
결혼도 안한 성 처녀의 몸에서 태어나
광야에서 40여 일 동안
철야기도를 통해 신의 계시를 받았다면서
하느님의 아들이라고 주장하다
유언비어 유포 죄로 붙잡혀 저항 한 번 못하고
십자가에 못 박혀 허무하게 죽은
예수 그리스도의 말보다
몸은 비록 루게릭병으로 장애인이 되었지만
21세기 대영제국의 교수로
수재들만 다닌다는 명문 캠브리지 대학에서
한평생 물리학을 연구하여
블랙홀 이론을 정립한 세계적인 석학
스티븐 호킹 박사가 죽기직전 말한
'신은 없다'라고 한 말이
가슴에 와 닫고 더 신뢰가 가는 것은
무슨 까닭인지 모르겠다
믿음이 약한 탓일까

개만도 못한 인간들

난 지금껏 인간 이외의 어떤 짐승도
신의 결정에 대해 불만을 터뜨리는 걸 본 적이 없다
주어진 삶에 최선을 다하는 것만 보았을 뿐
헌데 인간들은 뭐가 그리 잘나
신에게 궁시렁거리면서 불만을 토로하는 지
오늘 난 짐승만도 못한 인간을 보았다
짐승인 개도 그렇게는 하질 않는다
코가 막히고 기가 찰 노릇이다
그 광경을 목격하고도 말 한마디 못했던 나는
내가 인간인 것이 참으로 부끄러웠다
나는 왜 지금까지 인간이 만물의 영장이라는 생각을 했을까
깨끗한 척해도 썩은 내를 풍기는 인간들
한 면만 보고 전체를 매도해서는 안 되겠지만
신은 어디서 뭘 하고 자빠졌는지
저런 인간들 잡아가지 않고 뭘 하고 있는 건지
신과 인간이 한 통속은 아닌지
한통속이 아니라면 어찌 보고만 있는 것인지
그냥 넘어가서도 안 되고 그냥 넘겨서도 안 되는 것을
이대로 넘겼다가는 당나귀처럼
제가 파놓은 함정에 제가 빠지는 날이 도래할 텐데

빌어먹을 놈의 세상 개만도 못한 인간들

나는 새가 아니다

새는 날개가 있다
나비와 잠자리도 날개가 있다
천사도 날개가 있다
새, 잠자리, 나비는 날개가 있어도 천사는 아니다
날개가 있다고 해서 모두 새가 아닌 것처럼
천사는 날개가 있어도 새는 아니다
날개가 있다는 것은 몸이 가볍다는 것이다
욕심이 없다는 것이다
새는 날기 위해 속을 비웠다고 한다
속을 비웠다는 것은 죄를 짓지 않겠다는 명백한 증거다
천사는 하느님의 전령사이다
잠자리는 가을의 전령사다
나비는 봄의 전령사다
잠자리와 나비, 천사는 날개가 있지만 새는 아니다
동피랑* 벽화마을에 그려진 날개 앞에 섰다
나도 날개 달린 새가 되고 싶었다
그래도 나는 천사가 아니다
날개는 있으나 마나다
천사되기가 이렇게 힘든지 몰랐다

* 통영시 벽화마을.

난 이 세상에 잘못 온 것 같다

난 아무래도 이 세상에 잘못 온 것 같다 세상이 이렇게 요지경 속 같이 이상한 곳인 줄도 알았더라면… 오지 말았어야 했다

세상은 확실히 요지경 속이다 그래서일까 요지경 같은 일이 벌어져도 사람들은 아무렇지가 않는가 보다 오히려 이상한 것 같다고 말하는 내가 더 이상한 것 같다 요지경 세상에선 결혼 안 한 처녀가 애를 낳아도 결혼한 여자가 모텔을 드나들어도 하나도 놀랄 일이 아니다 그러니 대학까지 나와 빈둥거리는 자식 놈한테도 잘잘못을 따질 일이 아니다 나랏돈은 먼저 먹는 놈이 똑똑한 놈이고 못 먹는 놈이 병신이다 위정자들이 제 뱃속 불리는 데만 혈안이 되어 있으니 나라가 망한다 한들 눈이나 깜짝하겠는가 아이를 낳지 않아 노인천국이 된다 해서 여자들을 탓할 일도 아니다 부모를 모시고 산다면 미친 사람 취급해 정신병원에 보내려고 하는 것도 이해가 간다 세상 말세다 허긴, 나 같은 도둑놈이 도덕경을 논하고 돈이면 안 되는 게 없는 세상이니 더 이상 무슨 말이 필요하랴 …

세상이 요지경 속인 줄 몰랐던 난 아무리 생각을 해도 이 세상에 잘못 온 것만 같다

양상

소한 추위에
갈라진 얼음장처럼 당신과 나 사이가
정오와 자정만큼 벌어진 것 같다
간격이 벌어진 것만큼 다른 양상으로 치닫는 생각
생각의 결과는 확연히 갈린다
나는 당신의 허리가 끊어진 것처럼 보이는데
당신은 내 목이 꺾인 것 같다고 한다
같은 것이 각각 다르게 보이는
이 같은 현상은 어디에서 비롯된 것일까
착시현상에서 온 것일까
몽환현상에서 비롯된 것이라 해야 할까
아니면 환각상태에서 온 것일까
이승과 저승의 경계처럼
생각에 금이 가면서 달라진 시각의 차이
눈에 백태가 낀 것처럼
굴절된 생각이 더욱 다른 양상으로 전개되고
그 양상에 의해 벌어진 틈은
자존심 대결로 확산되는 양상을 보인다
상황은 돌아올 수 없는 루비콘 강을 건너고
화해의 길은 막막하고

나의 색깔

인간에게도 자기만의 색깔이 있다고 한다면
나는 연두 빛 새싹 같은
푸른 생동의 빛깔을 띠고 싶다
연초록 새싹 같은 생동의 빛깔이 될 수 없다면
가을하늘 같은 청자 빛 빛깔이라도 되고 싶다
그게 행복에 겨운 소리라고 한다면
단풍잎 같이 새빨간 빛깔이라도 되었으면 좋겠다
바다를 박차고 떠오르는 태양 같은 붉은색은
너무 열정적이라 부담스럽고
늦가을 서해바다를 붉게 물들이는
진홍빛 저녁노을 같은 빛깔은 측은해서 싫다
복사꽃이나 살구꽃 같은 연분홍색은
너무 화사해서 싫고
천방지축의 내 젊은 날 같은 흔해빠진 비둘기색이나
늦가을 벌판의 찌그러진 메마른 갈색 같은
삶에 찌든 색이 아니었으면 좋겠다
죽음을 뜻하는 색이거나 사람들에게 비 호감인
검붉은 빛깔도 아니었으면 좋겠다
그게 불가능하다면 그냥 나를 알릴 수 있는
나만의 색깔이었으면 싶다

다른 사람에게서는 찾아볼 수 없는

가만히 생각해보니 무색도 괜찮을 것 같다

인간들

참 오만방자하다
못됐다
싸가지라고는
개미 오줌만큼도 없다
곧 죽어도 저밖에 모른다
지구가 제 것인 양
저토록 오만방자한 짐승이
이 지구상 천지에 또 어디 있을까 싶다
오만방자하다 못해
아예
지구가 제 것 이라고 우기는
저 날 강도떼 같은 놈들
쳐 죽일 놈들

새만도 못한 인간

비 내리는 도로 위
작은 새 한 마리 슬피 울고 있다
차가 오면 비켜났다가 지나가고 나면 다시 돌아와
동료를 일으켜 세우려 몸부림치면서
애처롭게 울고 있는 새 한마리가 있다
차가 오면 비켜났다가
되돌아오길 반복하며 안타깝게 울고 있는
작은 새 한 마리*
죽은 새는 동료의 애통함을 아는지 모르는지

대학병원 장례식장
아버지 여읜 상주가 조문을 받고 있다
상주의 얼굴에 아버지를 떠나보낸 애절함이 없다
먹고 마시고 떠들며
문상객 맞기에만 혈안이 되어 있다
망자의 죽음을 슬퍼하지 않는 문상객들
술 마시고 화투치고 노는 일에 정신이 팔려있다
새만도 못한 인간들

* 인터넷 유투브에 소개되었던 기사.

알다가도 모를 인간

— 호기심 많은 사람은 모두 악의를 가진 사람이다 (베이컨)

해가 뜨고 달이 지는 것을 문제 삼거나
다른 사람이 어떻게 사는지에 관심을 가지는 것도
인간만의 나쁜 습성이다
시간이 흐르고 계절이 바뀌는 것을 탓하는 것도
할 일 없는 인간들만의 짓거리이다
어떤 사람이 무슨 짓을 했는지에 대해
관심을 보이는 것도
남의 일에 관심 많은 인간들만의 관심사다
자기와는 아무런 관련도 없는 일에
시시콜콜 간섭을 하는 것도
누가 어떻게 권력을 잡고 무엇을 했는지에 알려하고
관심을 가지는 것도 인간들만의 습성이다
신과는 아무런 관계가 없다
신은 인간이 어떻게 되든 말든 관심이 없다
자칭 만물의 영장이라고 말하는 인간들이
세상 무엇 하나 바꿀 수 없는 인간들이
남의 일에 입방아를 찧는 것도
할 일 없는 인간들, 악의를 가진 인간들만의 못된 습성이다
남 잘되는 꼴을 못 보는 인간들만의

유물론자들의 주기도문

하늘에 계신다는 우리 아버지
아버지의 거룩한 이름을 다시 한 번 불러 봅니다
정말 하늘나라에 계시기는 한 것인지
하늘나라가 아버지의 나라라면 땅은 누구의 나라인지
이 땅에 아버지의 나라를 이루려 하시는 것은
당신의 권능을 보이려는 개수작은 아닌지
제발 이 땅에서는 아버지의 뜻을 이루려 하지 마옵소서
오늘 저희에게 일용할 양식을 주시는 것도
저희 코를 꿰려는 미끼라는 것과
저희에게 잘못한 이를 저희가 용서하라는 말씀도
저희를 혼란에 빠트리기 위한
기만술책이라는 걸 잘 알고 있습니다
아버지 이젠 저희가 당신을 더 이상 믿지 않사오니
더 이상 저희를 괴롭히지 마시고 죽은 듯이 계시옵소서
아멘

무서븐 인간

귀신이 무섭니 호랑이가 무섭니 해도
젤로 무서븐 건 사람인기라
캄캄한 밤 무인지경에서 사람을 만나봐라
머리털이 곤두서고 등골에 식은땀이 흐르지 않는가
근데 그 보다 더 무서븐기 있는 기라
벌건 대낮에 코 베려고 하는 놈
두 눈 뜨고 똑똑히 봤는데도 안 그랬다고 우기는 놈
안 된다는데도 된다고 빡빡 씨우는 놈
사람이 죽어 나가는데도 눈썹하나 까딱하지 않는 놈
없다는데도 짜면 나온다고 쥐어짜는 놈
앞뒤 안 가리고 무대포로 덤비는 놈
말도 안 되는 소리로 깐족거리는 놈
별 볼일 없고 아무것도 없는데도 잘난 척 하는 놈
배 째려면 째라고 뒤로 나자빠지는 놈
가만히 있는 사람 들쑤셔 열 받게 하는 놈
여기서 이 말하고 저기 가서 저 말하는 놈
아무리 사정해도 말이 안 통하는 놈
이런 놈들이 정말 징글징글하고 무서븐 놈이고
상종 못할 놈들이란 거 알겠냐

3부

버려야 할 것들

영양실조

총각시절 혼자서 자취할 때
한 달 동안 빵만 먹고 지낸 적이 있다
빵을 먹기 시작한지 하루도 지나지 않았는데
따뜻한 밥 생각이 간절했다
양인들은 평생 빵만 먹고 어떻게 사는지

한 동안 김치와 고추장을 먹지 못했다
입안에서 밤꽃냄새가 나더니
눈알맹이까지 노래지고 가슴과 팔 다리에
양인들처럼 노랑털이 나는 것 같았다
나는 노린내 나는 양인이 되는 줄 알았다

양인이 되기를 갈망하진 않았다
백인에 대한 열등감이 있는 것도 아니었다
친구들이 맥주에다 머리를 감을 때도
눈에다 파란렌즈를 낄 때도
처키* 눈 같은 파란 눈을 갖고 싶진 않았다

그래도 양인들의 큰 키는 부러웠다
하지만 빵을 먹으면서도

내 키가 양인처럼 더 클 거라는 생각은 하질 않았다
자아 형성이 잘 되어 있었다
내 삶에 전혀 도움이 되지 않는 창백한 마루타* 같아

만나는 사람마다 어디 아프냐고 물었다

* 처키 : 사탄인형.
* 마루타 : 일본제국주의의 731부대 생체 실험용 인간.

덧방*치기

월척을 꿈꾸던 자리마다
마른버짐 피어나듯 살생의 흔적들
꽃처럼 피어났다
치밀하게 계획된 살생의 음모
유혹의 밑밥 강물 속으로 소리 없이 풀어지고
숨은 그림처럼 낚시 바늘이 드리워졌다
시작된 살생의 카운트다운
오색 찌는 강심깊이 몸을 담그고 앉아
강물의 심기를 살피고 있다
요동치는 오색 찌
피라미들의 입질이 시작되었다
대물들의 생리는 느긋함이라 했던가
꾼들의 불문율은 느긋한 기다림
낚으려는 자와 낚이는 자의 팽팽한 줄다리기
활시위처럼 긴장된 낚시 줄에
매달려 우는 강바람소리
작은 움직임조차 놓치지 않는 꾼들
정적을 깨는 물오리들의 외마디 비명
줄 끊긴 연처럼 맥 풀린 낚시 줄
감기 시작한 릴에 점잖게 끌려오는 대물

피라미를 덮치려다 발목 잡힌 대물
쪽 팔리는지 저항 한번 없다

* 덧씌우다의 사투리.

불안

명주실 한 타래가 다 풀렸다
샘물 속을 들여다보듯
시퍼렇고 옹송* 맞은 내 삶을 들여다본다
여유라고는 눈을 씻고 찾아봐도 없다
바위틈까지 비집는 잡초처럼
생각의 틈새를 비집고 발을 뻗는 불안
나는 틈이란 틈을 모두 틀어막아
불안이 자리 잡지 못하게 한다
초초함 안개처럼 휘감긴다
불안은 심연 어디에서 피어오르는 것인지
지나간 날을 자꾸 돌아다보는 자들은
유독 앞날이 불투명한 자들이거나
과거를 잊지 못하는 자들
현실은 무엇 때문에 나를 거부한 것일까
불안은 어디서부터 나를 쫓아왔는가
밤샌 불면으로도 풀리지 않는 매듭은
빠진 이빨처럼 욱신거리고
오줌 싼 것처럼 척척하게 감겨드는 불쾌감
불안이 치즈처럼 흘러내리고 있다
시간이 흐를수록 희미해지는 나의 미래

어떻게 하면 선명한 선을 그을 수 있는 걸까
향기롭게 피어나길 포기하면 벗어날 수 있는 걸까
불안과 불면에서 헤어나고 싶다
한 살 더 먹어 다급해진 새해 첫날

* 속이 우묵하고 깊다의 작은 표현.

어디로 가야 하나

C 대학병원 정형외과 6인 입원실
가을걷이도 끝내지 못한 그가
넘어진 허수아비처럼 쓸쓸히 누워있다
그의 주변은 적막강산처럼 고요하다
가끔 회오리바람처럼 담당 의료진이 왔다 갈 뿐
그는 그믐달처럼 철저히 외톨이다
일장춘몽 같은 인생
새를 쫓던 시절이 생각나는지 그가
창밖의 낮달을 넋 놓고 바라보고 있다
무슨 생각을 하고 있는 걸까
노구를 의탁할 살강 하나 마련하지 못하고
뜬구름처럼 떠돌던 인생
꿈을 깨고 나니 막막한 11월이었다
새떼를 쫓을 땐 살만했었다
소주에 마른안주처럼 어울리지 않던 여자
그에게도 술국을 끓여주던 살가운 여자는 있었다
방랑벽 때문이었을까
그녀는 삼년을 낮달로 떠 있다가 졌다
계속해 새떼를 쫓아야 하는 걸까
어떻게 살아가야 할지 길이 보이질 않는단다

주저리주저리 펼쳐놓는 지난날들이
소립자로 흩어지며 밤하늘의 불꽃처럼 반짝인다
그도 한때는 금빛 찬란한 금동불이었던 것을
이제 그는 어디로 가야 할까

세상을 보는 눈

어려서부터 근시에 난시까지 겹쳐
아프리카 코뿔소처럼 시력이 좋지 않았던 나는
매사를 아름답게 보질 못하고 근시안처럼
모든 일을 부정적으로만 보았다
아버지께선 세상을 희망적으로 보라고 하셨지만
나는 눈살을 찌푸리고 째려보기 일쑤였다
그래야만 지식인이고 청춘인 것처럼
나도 세상을 유하고 아름답게 보고 싶었지만
세상은 도끼눈을 뜨고 볼 수밖에 없게 빠르게 변했다
안경잡이를 좋지 않게 보던 시절이라
눈이 나빠도 마음 놓고 안경을 쓰질 못했다
주위에선 안경 쓸 것을 권했지만
난 내가 보고 싶은 것만 보기로 했다
결국 안목에 문제가 생겼다
멀리 보지 못하고 눈앞의 이익에만 눈이 멀어
몰아온 물고기 떼를 놓치기 일쑤였다
탐지기 없인 단 한 마리도 잡지를 못했다
기관고장을 일으킨 선박처럼
아직도 망망대해를 표류하고 있다

빛과 어둠

빛과 어둠은 한 형제다
다 같은 하느님이 낳은 자식들이다
한날한시에 태어났으나
성격이 다른 건 부모도 어찌할 수 없는 일
빛과 어둠은 성격이 영판 다르다
밝고 명랑한 성격의 빛은
매사에 긍정적인 반면
어둠은 성격이 어두운 편으로
상당히 부정적이고 음울한 편이다
아버지 하느님께서는 먼저 어두움을 낳으셨고
이어 빛을 낳으셨다
빛과 어둠은 한날 한 부모에게서 태어난
이란성 쌍둥이로
빛의 이름은 낮이라 부르고
어둠의 이름은 밤이라 부른다
성격이 전혀 다른 빛과 어둠은 돌아가면서
세상을 자기방식대로
살아가고 있다

문제는 다른 곳에

인간이 슬기롭지 못한 것 같아
슬기로워지라고
슬기로운 생활이라는 교과를 만들어 가르쳤는데
하나도 슬기로워지지를 않았다
인간이 인간답게 생활하지 못하는 것 같아
바른생활 교과를 만들어 가르쳤으나
하나도 바르게 되지를 않았다
인간들이 즐거운 생활을 영위하지 못하는 것 같아
즐거운 생활을 하라고
즐거운 생활 교과를 만들어 가르쳤는데도
아무도 즐거운 생활을 하지 못한다면
책이 문제가 아니라
책을 만든 사람이나 가르치는 사람한테
문제가 있다는 걸 왜 모르는지
허긴 도둑놈도 도둑놈이라고 부르면
기분 좋아 할 놈이 없응께

개나발 여행

가을걷이를 끝내고 촌놈들끼리
남도 일주여행을 떠났다
지난날 첫사랑과의 이별이 생각난 나는
갈대의 하얀 손 내저음이
깃발처럼 나부끼는 여자만*에서
겨울바람에 뺨이 얼어붙을 때까지
첫사랑을 놓아주지 못하고
아쉬움의 눈물을 찔끔거렸다
그때 누가 이끌었는지는 모르겠지만
가을걷이도 끝냈고
기분도 그렇고 그러니
술이나 마시고 쿨하게 즐기자는 말에
우리는 모두 포구로 몰려가
광어의 살점을 곱씹으면서
술잔을 치켜들고 목이 터져라 외쳐댔다
개나발**을 위하여라고
가슴속엔 이별의 아픔을
하나 가득 숨겨둔 채 말없이

* 여자만 : 전남 여수시 화정면 여자도를 중심의 내해.
** 개나발 : 개인과 나라의 발전을 위하여란 건배사.

가면

아침부터 너를 보면 짜증이 나

안 볼 수도 없는 노릇이고

보자니 짜증은 나는데 화풀이 할 수도 없고

그렇다고 티를 내지도 못하고

밤을 꼬빡 새우고 난 날은 더더욱 그래

그래서 이렇게 가면을 쓰는 거야

마음에 없는 미소를 짓는 일도 쉬운 일이 아니니까

오늘 아침에만 해도 그래

어젯밤엔 밤새 너의 악몽에 시달렸거든

꿈은 왜 꾸이는 거야

>

물론 너하고는 아무런 관련이 없다는 걸 알아

이건 순전히 내 탓이고 내 기분 때문이라는 것도

그래서 가면을 쓰는 거야

가면을 쓰면 내가 어떤지 알아먹을 수 없거든

볼록렌즈로 들여다보기

친구

친구가 급하다며 돈100만원을 빌려갔다 가지고 있는 돈이 없어 마이너스 통장에서 돈을 빼 마누라 몰래 빌려 주었다 사흘 안으로 갚겠다고 하더니만 빌려간 이후로 꿩 궈먹은 소식이다 그 친구 꼴을 보지 못했다 모임에도 나오지 않았다

도둑놈들

퇴근길에 사거리에서 신호를 기다리고 있는데 웬 사내가 다가와 회사의 재기를 위해 사원들이 나섰다며 물품 구입을 호소했다 나는 그 말을 곧이곧대로 믿고 두 개씩이나 구입을 했다 아내에게 이야길 했더니 속았다고 했다 그런 놈들이 있으니 회사가 망할 수밖에

중신

여식의 중신이 들어왔다 좋은 집안에 대학까지 나왔고 결혼하려고 집장만까지 다 해놓아 몸만 가면 된다며 중신어미가 총각 자랑을 열 댓발이나 늘어놓았다 혹시나 해서 알아보았더니 사람이 조금 덜 떨어졌다고 했다 세상에 믿을 놈이 없다

>

속 알박이

고들빼기김치가 먹고 싶어 퇴근길에 길거리에서 시골 할머니가 파는 고들빼기를 사왔다 돌아가신 어머니 생각이 나 단도 보지 않고 샀다 거스름돈도 받지 않았다 다듬으려고 단을 풀어보았더니 속에는 아주 못 쓰게 된 것들로 채워져 있었다 속은 것 같다

밥 한 번 먹자

아는 사람이 이웃으로 이사를 왔다 전에 한 번 도움 준 적이 있어서인지 만날 때 마다 밥 한 번 먹자고 했다 나는 그 말을 믿고 그가 불러 주기만을 기다렸는데 그게 벌써 3년이 넘었다 이젠 그가 밥 한 번 먹자고 해도 그러려니 한다

카톡

매일 좋은 말을 카톡으로 보내오는 지인이 있다 사람은 빈손으로 왔다가 간다면서 봉사활동도 많이 하고 나누며 살라는 내용이 많았다 나는 그가 나눔을 실행하는 멋진 사람인 줄 알았다 아니었다 그가 인색한 사람이라는 것을 최근에 알게 되었다

>

카드

아내와 시장 구경을 갔다 아내가 노점에서 물건을 사면서 자기는 카드뿐이라 현찰을 빌려달라고 했다 나는 그 말을 철썩 같이 믿고 빌려주었더니 딴소리를 했다 나만 먹는 게 아니고 당신도 같이 먹는 것이니 반만 주겠단다 이제는 아내도 믿을 수 없을 것 같다

밥솥 안에 갇힌 뻐꾸기

뻐꾸기 한 마리 갇힌 채
아파트 쓰레기장 고철더미 속에 버려져 있다
내가 궁금한 것은
압력밥솥 안 뻐꾸기의 생사여부였다
죽었는지 살았는지
살아있다면 꺼내 주어 고향으로 보내야 할 것 같았다
봄에 찾아온 다른 뻐꾸기들은
가을이 되면 바람 따라 고향으로 돌아간다지만
압력밥솥 안의 저 뻐꾸기는
어찌 되는 걸까
밥이 된 것을 알려 주면 좋겠다고
밥솥 안에 가둘 때는 언제고
임무수행이 다 끝났으면 풀어줘
집으로 돌아갈 수 있게 해줘야 하거늘
꺼내주지도 않고 그냥 내 팽개쳐
귀향길을 막아버리면
밥솥 안의 뻐꾸기 가여워서 어쩌나
불쌍해서 어쩌나
뻐꾸기가 무슨 잘못을 저질렀다고

바보가 됐다

내비를 달고 난 후부터 길치가 됐다
내비 없이는 한발자국도 움직일 수가 없게 되었다
스마트폰 단축키를 사용하면서부터 멍청해졌다
전화번호를 기억할 수가 없다
컴퓨터를 사용하면서부터 바보가 됐다
아내가 일정을 챙겨주면서부터
할 일을 기억할 수가 없었다
TV에 빠지면서 생각하는 힘이 사라졌다
카톡을 하면서 나랏말도 바르게 쓰질 못했다
영정사진을 놓고 제사를 지내면서
지방 쓰는 것도 잃어버렸다
노래방에서 가사를 보고 노랠 부르다보니
가사가 전혀 생각나질 않았다
레시피를 따라 음식을 만들다 보니
손맛이 달아났다 기억력이 없어졌다
아는 것이 떠나갔다 생각하는 게 싫어졌다
객관식 문제만 풀어 버릇했더니
창의력과 사고력이 사라졌다
먹을 게 많다보니 배고팠던 시절을 잃어버렸다
모든 걸 시키기만 했더니

내 손으로 할 수 있는 게 아무것도 없었다
내 욕심만 채우다보니 남의 딱한 사정을 보지 못했다
난 그렇게 나밖에 모르는 바보가 되었다

고비

높은 산에 올라
내 눈으로
직접 보고나서 알았다
산 너머 산이 연이어 있다는 것을

고비를 겪고 나면
또 한고비가 다가오는 인생처럼
산이
겹겹이 겹쳐져 있다는 것을

산 너머 산이
겹쳐져 있는 것이
그렇게 아름다운 줄
예전에는 정말 몰랐다

사도師道

사도는 뒤주 속에 갇혀
죽었다 숨이 막혀
과도한 집착이 빚은 병폐病弊였다

사도는 여러 사람들이 지켜보는 가운데
비아냥과 손가락질을 받아가며
고통스럽게 죽어 갔다

사도가 죽게 된 것은
자신의 탓보다
부모의 기대가 컸기 때문이었다.

치맛바람은 광풍狂風이다

사도師道가 죽고 나면
다음 차례는
군도君道와 부도父道의 몰락일 것이다

음풍陰風이 휘몰아치고 있다
어찌해야
다시
사도를 살려낼 수 있을지

사랑방 한글 교실

시장 옆 제일교회 사랑방 공부방엔*
꿀을 발라놓고 기다리지도 않는데
어디서 어떻게 단내를 맡았는지
이른 아침부터 까막새들이 아름아름 모여든다
캄캄한 까막눈을 떠 보겠다고
염라대왕 같은 장귀신이 두 눈 부릅뜨고 지키는
시장바닥을 눈을 감고 숨 가쁘게 지나온 새들
부리로 쪼고 또 쪼아도 잘 깨치지 않는
맛도 없고 쪼기도 힘든
깨알 같은 글씨들을 죽어라 쪼아 댄다
까막눈의 설움을 털어내기라도 하려는 듯
발 달린 글자들만 찾아 쪼고 또 쪼아대는 새들
도망 다니기에 바쁜 발 달린 글자들을
부리에 침까지 묻혀가며 열심히 쪼고 있다
예닐곱 먹은 유치원 아이들처럼
지읒 치읓 키읔 티읕 소리 내 읽어가며
종지발 종지발 쪼아대고 있다
새들의 글 쪼는 소리 뻐꾹새 울음처럼
시장바닥에 낭랑하게 퍼져나간다

* 청주 육거리 시장 옆 제일교회에서 운영하는 공부방.

애 호박 애 오이 그리고 가지

호박과 오이 가지 같은 야채는
식구 수만큼만 심으면 먹고도 남는다고 한다
그런데도 난 그 말을 믿지 않고
해마다 식구수보다 더 많이 심어
공급과잉을 초래 곤혹을 치른다
소비보다 공급이 많아지면
가치가 떨어진다는 경제 원리를 알면서도
욕심과 망각이 빚은 실수라고나 할까
아내는 야채를 많이 먹을 수 있고
이웃과 나눌 수 있어 좋다곤 하지만
그도 쉽지만은 않은 것이 현실인 것 같다
호박 오이 가지를 밥 삼아 먹을 수도 없고
반찬으로 밖에 먹을 수 없는 노릇이고
또 어린 걸 따야하는 마음도 편치만은 않은데
무조건 많이만 따다주면
4월 봄볕에 흐드러진 벚꽃처럼
화사하게 피어나는 아내의 격한 반응에
올해도 늘씬한 몸매를 유지하는 것은
영 글러먹은 것 같다

오목눈이둥지 속의 뻐꾸기

나는 버려진 탁란 같았다
불건전한 교제로 태어난 사생아 같은
어미에게 버려져 위탁되어
잡초처럼 자랄 수밖에 없었던 운명을 타고난
나는 내 자신을 스스로 지켜야 했고
살아남기 위해선 무슨 짓이든 할 수밖에 없었다
죄짓는 일이라는 걸 번연히 알면서도
그녀를 짓밟을 수밖에 없었고
할 짓이 아니란 걸 알면서도
배다른 형제들을 죽일 수밖에 없었다
그것이 평생의 죄업으로 자신을 괴롭히고
삶에 멍에로 씌워진다는 것을
생각할 겨를이 없었다
살아남는 게 급선무였기에
간혹 나의 잔혹함에 몸서릴 치고
스스로를 경멸하기도 했으나
경멸에 앞서 난 살아남아야 했었다
삶이 무엇인지도 모르면서
이렇게 잡초처럼 살아남았지만
나는 평생 피를 토하며 울다 죽을 것이다
그것이 운명이고 죄의 댓가라면
겸허하게 받아들일 수밖에

4부

살모사

종기

깊은 살 엉덩이에 종기가 났다
뿌리가 깊은지 엉덩이 전체가 욱신거렸다
손으로 만져지기는 하는데
눈으로 볼 수가 없으니 답답하기만 하다
소경 코끼리 만지는 것처럼
감이 잡히질 않는다
너무 작아 눈에 보이지 않는다는 미립자조차도
볼 수 있는 밝은 세상인데
내 몸에 난 종기를 내 눈으로 볼 수가 없다니
잘 씻지 않아 생긴다는 화의 산이
하필이면 엉덩이에 생겨 앉지도 못하고
의사에게 보이는 것도 민망케 하는지
눈으로 볼 수라도 있으면
속이라도 시원할 텐데
제풀에 스스로 자폭할 때까지 놔둬야 할지
아니면 인위적으로 폭발을 막아야 할지
어찌되었든 화산폭발로 인한
이차적인 피해만은 없어야 할 텐데

사족동혈四足同穴

선산 한 봉분 아래
아버지 어머니 나란히 누워계신다
생전에 두 분께선
다음 생에선 함께 살고 싶지 않다고 하셨는데도
우리는 두 분의 말씀도 무시하고
아버지 어머니를 한 봉분 아래 나란히 모셨다
두 분 말씀은 중요하지가 않았다
생각도 중요하질 않았다
다만 우리 눈에 보기 좋고 금초하기 편할 것 같아
우리 마음대로 한 봉분 아래 함께 모셨다
다른 사람과 한번 살아보고 싶다던 말씀은
못들은 것으로 하였다
우리들 눈에 보기 좋으면
아버지 어머니도 좋을 거라고 생각했다
살아생전 잘 모시지도 못했으면서
마지막 소원도 들어드리지 않았다
각자 따로 따로 계시면 쓸쓸하실 것 같아
두 분을 한 곳에 모셨다
우리 마음대로

회상

육신을 이탈한 영혼이 또
고샅길을 지나 마을을 빠져 나간다
황제나비처럼 자유로이
넓은 들을 지나 산을 넘고 강을 건넌다
어느새 금빛 골짜기에 다다른 영혼
기억보다 더 빠르게 골짜기를 타고 오른다
현실은 과거처럼 반짝이질 않는다
골짜기를 샅샅이 훑어 나가던 영혼이
한자리에 주저앉아 꺼이꺼이 목 놓아 울고 있다
나는 과거는 허상일 뿐이라고 달랜다
영혼이 머리를 가로 젓는다
나는 내 영혼이 참으로 가련한 것 같다
가엾은 나의 영혼
나는 내 영혼을 일으켜 세운다
일어선 영혼이 다시 골짜기를 내 닫는다
나의 격려에 힘을 내는 영혼
나는 내 영혼의 방황을 말리고 싶지가 않다
가엾은 나의 영혼은 끝도 없이 내닫다가
새벽녘 지친 몸으로 돌아올 것이다
나는 말없이 조용히 맞아줄 뿐

무상

살아온 지난날을 생각해 보면
그 짧은 시간 안에 뭔가 이루어 보겠다고
발버둥친 것이 정신 나가지 않고서는 있을 수 없는
가소롭고 가관이었다는 생각이 든다
무언가 더 많이 움켜쥐어보겠다고 욕심을 부린 것도
더 높이 올라보겠다고 까치발을 들은 것도
더 깊이 깨우쳐 보겠다고 한 일도
생각해 보면 물거품 같은 일이었다는 것을
밥 한 술 더 먹겠다고
좀 더 큰집에서 살아보겠다고
좋은 옷에 더 좋은 차를 타겠다고
동분서주했던 일도 돌아보니 의미 없는 일이었고
부질없는 짓이었다는 걸
이렇게 나이 먹고 보니
병 안 들고 아프지 않은 것만도 못한 걸 가지고
살아서 내발로 움직일 수 있을 때 더 많이 나누고
더 좋은 구경하면서 아름다운 추억 쌓는 게
그게 행복이고 잘 사는 거라는 걸…
오늘은 아무래도
도라지 위스키라도 한 잔 해야겠다

부뜰아재의 죽음

서기 2016년 단기 4349년
향년 76세의 부뜰아재가 돌아가셨다
아직 더 살아도 될 나이인데
나는 코보다 기가 막혀 아쉬움만 남고

하지 지나 본격적인 장마철로 접어들면
아재의 군대이야기는 비익조比翼鳥처럼 날아오르고
신출귀몰했던 아재의 이야기를 듣노라면
월남전은 아재 혼자 치른 것 같아 웃음이 나오고

무료함을 달래려고 듣던 아재의 월남 이야기는
금세 아오자이 아가씨와 날개를 달고
숨 쉬는 것 빼고는 다 허풍 같던 이야기는
금시조처럼 구만리 장천을 날고

마른침을 삼키며 듣던 아재의 입담은 어느새
베트콩 1개 소대를 혼자 섬멸殲滅한 무용담으로 이어져
순식간에 전쟁 영웅으로 돌변한 아재는
람보처럼 기관총을 한 손에 들고

>

불세출不世出의 전쟁영웅이자 나의 멘토였던
풍각쟁이 부뜰아재가
종기* 하나를 못 이기고 죽음을 맞았다는 게
나는 기가 막혀 입이 다물어지지 않고

* 피부 악성종양.

감성

난

언제부터 순라 꾼의 육모방망이처럼

모나고 딱딱하게 굳어진 걸까

궁에 있을 때부터였던가

사랑을 잃어버리고 나서부터 였을까

아니면 삶에 속아 살다보니

굳어지게 된 걸까

유년시절의 새싹 같은 여린 감정이

나도 모르게 언제 빠져 나가

이토록 뻣뻣해졌단 말인가

삭정이처럼 바싹 마른 내 감정도

찜 솥에 넣고 푹 찌면

매콤한 북어찜이나 홍어찜처럼

여리디 여린 본연의 감성이 되살아날까

연초록의 새싹 같이 부드—럽고

촉촉했던 어릴 때의 그 감성이

고목에 핀 꽃

갈은 꽃이라 해도
고목에 핀 꽃은 보면 볼수록 애처롭다
꽃도 젊고 싱싱한 새 가지에서 핀 꽃은
색깔도 화려하고 향기도 짙어 보기에 아름다운데
고목에 핀 꽃은 꽃도 작고 보기에도 짠하고 애처롭기만 하다
어떤 사람들은 고목에 핀 꽃이 그래도
품위가 있고 경륜에 노련미까지 더해져 더 매혹적이라지만
아무래도 고목에 핀 꽃은 애처롭고 안타깝기 그지없다
모든 일에는 때라는 게 존재하는 법인데
여자도 젊고 예쁘면 민낯도 아름답고 싱그럽지만
나이 먹은 여자가 립스틱을 짙게 바르면 애잔하기 짝이 없다
젊음은 지나간 꿈으로 간직해야만 한다
싱싱하면 한 번 더 쳐다보게 되고
실수를 해도 애교를 부려도 예쁘기만 하지만
나이 먹은 여자의 짙은 향내는
아무리 불을 밝혀도 역겹기만 하다
길가에 고목들은 허다한데
어린묘목 구경하기가 서울하늘에서 별 보는 것보다 더 힘든 것 같다
어리석은 인간들

밍크고래

지구를 떠났던 밍크고래가 다시 모습을 드러낸 건
녀석의 기억조차 희미해질 무렵이었다
가상의 세계를 통해 모습을 드러낸 녀석은
건재함을 알리기라도 하려는 듯
잘 구워진 피부를 반짝이며 웃고 있었다

지난날의 아픔은 보이고 싶지 않았던지
살아온 날들에 대한 이야기는 한 마디도 없이
잘 있다는 말과 함께
지구 걱정의 말만 늘어놓으며
행복한 흔적들을 붙임파일로 보내왔다

바다가 있는 별이 지구만이 아니라는 듯
살아가는 길이 한 가지만 있는 게 아니라는 듯
사진 속에서 녀석은 행복에 겨운 듯
봄 햇살 같은 미소를
봄날 꽃가루처럼 흩날리고 있었다

계수나무와 옥토끼가 달에서 쫓겨난 것처럼
지구의 주인에서 밀려나야 했던 녀석은

바다의 왕자가 되기를 포기한 채
홀연히 자취를 감추었었다
모든 것을 자신의 못난 탓으로 돌리면서

녀석의 생사를 확인한 순간
동해바다의 맑고 푸르렀던 모습이 생각났다
녀석의 건강했던 모습이 그리워지고
아름다웠던 지난날이 자꾸만 떠올랐다
고래가 떠날 수밖에 없었던 병든 바다가 안타까웠다

엘로이 엘로이 라마 사박다니

엘로이 엘로이 라마 사박다니

주여 당신께서는 아흔아홉 마리의 양보다
길 잃은 한 마리의 양을
애타게 찾는다고 하시지 않으셨습니까
주여 저희는 지금
사막 한가운데에서 길을 잃었습니다
저희에게 구원의 손을 뻗치시어
갈 길을 알려 주시옵소서
저희는 길 잃은 양처럼 광야를 해매고 있습니다
저희가 어느 쪽으로 가야 할지
어디로 가야 이 목마름을 해소할 수 있는
오아시스를 찾아낼 수 있을지
어찌해야 멸망의 구렁을 벗어날 수 있을지
갈 길을 인도해 주시옵소서

주여 당신은 어디에 계시옵니까
저희가 당신을 애타게 찾고 있나이다
주여 구원의 빛을 비추시어
고통에서 벗어날 수 있도록 하시옵소서

주여 이 백성을 저버리지 마옵소서

어머니 속 타셨겠다

어머니의 속 깊은 생각으로는
없는 살림에 큰 놈을 대학까지 가르쳤으니
은근히 쫑마리*를 책임져주길 바라셨을 텐데
책임질 생각을 하질 않으니
대놓고 책임지라는 말씀은 못하시고
큰 자식한테 못한 말 둘째에게 하고 싶어도
대학도 못 보낸 데다 물려준 것도 없으니
말조차 꺼내지 못하셨을 것 같고
몸으로 벌어먹는 셋째한테는
사는 게 안쓰러워 말도 못 꺼내셨을 테고
쫑마리는 거두지 않으면 길거리로 나앉을 것만 같아
도와주고는 싶은데 힘은 없고
어쨌든 대학 나온 큰 녀석을 살살 구슬려
쫑마리를 떠맡기고는 싶은데
마음먹은 대로 일이 풀리질 않으니
우리 어머니 속 타셨겠다
그렇다고 큰 자식이 속이 깊어
자진해 건사하겠다고 나서는 것도 아니고
어머니 이러지도 저러지도 못해
정말 속 많이 타셨겠다

* 막내의 방언.

완전탈피

하루에도 몇 번씩 깔깔대지 않고
수달 떨지 않으면
잠이 오지 않던 때였다

밋밋한 가슴을 봉긋이 밀어 올리며
소녀는 여자가 되어갔다

앙증맞은 다기처럼
작은 꽃망울이 부풀어 오를 때까지
엉덩이는 커져야했고
가슴은 몸서리를 쳐야했다

이게 천지개벽인가

어미가 사다준 젖 마개를
가슴에 대고 나서
여자인 줄 알았던 그날

아랫녘에
폭풍우가 치고

꽃비가 쏟아지고 나서야
어미는 웃을 수가 있었다

완전탈피를 꿈꾸고 있었기에

너를 위하여(레카*)

— 고생하며 무거운 짐을 진 너희는 모두 나에게 오너라 내가 너희에게 안식을 주겠다
나는 마음이 온유하고 겸손하니 내 멍에를 메고 나에게 배워라 그러면 너희가 안식을 얻을 것이다 정녕 내 멍에는 편하고 내 짐은 가볍다(마 11:28~30)

무겁고 힘든 짐을 진 차들은 내게 오라며
그리스도처럼 십자가를 짊어지고
러시아워 짜증나는 길을
경종을 울리고 경광등을 번쩍이며
죽기 살기로 사랑을 실천하는 자동차가 있다

무거운 짐을 지고가다 퍼진 자동차
가짜 양주에 심장이 멈춘 자동차
과속하다 넘어져 머리통이 일그러진 자동차
발에 물집이 잡혀 쩔뚝거리는 자동차
속이 안 좋아 시커먼 물찌똥을 싸는 자동차
튜닝으로 자아를 상실한 자동차
애인한테 버림받은 가엾은 자동차
지병으로 골골대는 자동차
그 가련하고 병든 차들을 구원하기 위해

거미줄처럼 비좁고 복잡한 길을
동분서주하는 자동차가 있다

구원을 필요로 하는 차들을 위해
그리스도처럼 고독하고 힘든 외로운 길을
오늘도 고집스레 달려가는 성聖 자동차가 있다

* 너를 위하여라는 뜻을 가지고 있는 견인차.

비애

당신들도 이견이 없으리라 믿는다
지금 우리의 미래가 불확실 하고 아주 비참하다는 것을

우리의 비애는 먹물을 주입하면 따스한 인간을 만들 수 있다고 생각한데서 빚어졌다
각양각색의 인간을 천사 같은 완벽한 인간으로 만든다는 게 불가능한 일이라는 걸 알지 못했다
그럼에도 불구하고 주도면밀하지 않은 안이한 방법으로
먹물을 주입했다는 것은 요행수를 바랐던 것

인간의 머리에 먹물을 주입한다는 것은 결코 쉬운 일이 아니다
고도의 정밀함과 신중함을 요하는 어려운 일이다
성공을 바란다는 자체가 미친 짓이다

실수가 빚은 참혹한 결과들을 똑똑히 보라
어떤 결과를 빚었는가?
광복 이후 우리는 아름다운 인간을 만들고자 노력했으나
우리가 만든 인간은 전부 실패작들뿐이었다
불량품은 아니어도 사이보그 인간 같이 가슴이 차가운 인간들뿐이었다

인간이 인간을 만든다는 게 얼마나 무모한 일이었든가
연습을 할 수도 없고 잘못 만들었다고 폐기할 수도 없다는 걸 염두에 두었더라면
좀 더 신중에 신중을 기했어야 했다
다른 방법을 강구했어야 했다

인간다운 인간을 만드는 일은 사명감이 없이는 불가능한 일
세상에 이보다 심사숙고해야 할 일은 없을 것이다
그럼에도 불구하고 인간들이 하는 짓이란
멀리 내다보지도 않고 손쉬운 생각들만 하고 있으니

편한 생각과 눈앞의 이익만 생각하고 있으니

깨달음

60여년 전 초등학교 일학년 때였다
어머니 장마당 가시면서
부엌 시렁에 개떡*을 쪄 놓았으니
동생들과 사이좋게 나눠먹으라고 하셨다
아침밥 먹은 지 한참 된지라 급하게 뛰어가다
돌부리에 걸려 엎어지고 말았다
무릎이 깨지고 손바닥에 피멍이 들었다
엎어진 게 억울하고 화가 나
상대가 돌이란 생각을 미처 생각 못하고
돌부리를 힘껏 걷어찬 적이 있었다
엎친 데 덮친 격이라고 할까
내 발만 깨져나갈 것처럼 더 아팠다
머리끝까지 약이 올랐으나
어찌할 수도 없고 해서
혼자 씩씩거리다 길바닥에 주저앉아 울고 말았다
그날 나는 세상일에는
마음대로 안 되는 것도 있다는 걸
뼈저리게 느꼈다

* 보리등겨로 찐 거친 떡.

전복을 통해 바꾸고 싶은 세상

가소롭게도 전남 완도엔 전복을 통해
이 세상을 바꾸어 보겠다는
불순한 생각을 가진 정신 나간 사람들이 살고 있다
저들이 꿈꾸는 세상은
전복으로 누구나 잘 먹고 잘 사는 세상
어떤 위정자도 이루어주지 못한 꿈을 이루기 위해
오늘도 청정 남해바다에서
전복 부풀리기에 최선을 다하고 있다
인식의 전환 없이는 바뀌지 않는 세상을
전복을 통해 바꾸어보겠다고
눈에 불을 켠 정신 나간 사람들
저들이 전복을 통해 이루고자 하는 세상은
누구도 꿈꾸지 못했던 무지갯빛의 찬란한 세상
꿈은 꾸는 자에 의해서 이루어진다는 꿈을
현실로 만들어가려는 사람들
전라남도 완도에 가면
오늘도 전복을 통해 세상을 전복시키려는
간 큰사람들이 바다를 누비고 있다

살모사

— 우리 인간들 모두는 어미를 잡아먹은 살모사가 아닐는지

비바람 사납던 날
다섯 마리의 살모사 새끼가 태어났다
어미를 잡아먹는다는 뱀
우린 모두 어미를 잡아먹는 살모사 새끼였다
맨 처음 어미 배를 박차고 나온 무녀리가
제 몫의 권리를 요구할 때만 해도
어미는 새끼가 귀엽고 예쁘기만 해
허벅지 살을 베어 주고도 마냥
웃을 수가 있었다
일그러진 달이 차오르고 둘째가 태어났을 땐
어미는 대견스러워 우둔살을 내주었고
셋째와 넷째에겐 갈빗살을 내주었다
눈에 넣어도 아프지 않은 새끼들이라
육신을 파 먹히면서도 어미는 참을 수가 있었고
새끼들은 맹독을 가질 수 있었다
다섯째가 태어났다
어미는 아껴두었던 가장 연한 안심을 내주었다
제몫이 성에 차지 않은 녀석은
껍데기만 남은 어미를 통째로 삼키려 들었다

어미는 살아있어도 살아있는 게 아니었다
가지껏 욕심을 채울 수 없었던 녀석은
제 형제들을 향해 두개의 혀를 날름거렸다
생존경쟁生存競爭이 시작되었다

해설

인간성 회복을 위한 기도

신충범 교육대학 동기

인간성 회복을 위한 기도

신충범 교육대학 동기

홍문식 시인은 교육대학에서 교육학을 전공하고 평생을 교단에서 아이들을 가르쳐온 교사이며 국문학을 전공한 시인으로 정년퇴임 후 왕성한 '시작' 활동으로 2014년부터『이상한 계산법』,『미필적 고의』,『사에 이르는 길』,『oh my God』,『나쁜 여자 나쁜 남자』등에 이어 이번에 여섯 번째 시집『호모 스튜피드』를 상재하게 되었다.

홍문식 시인은 시집 첫 장 '시인의 말'에서 인간은 "어떻게 보면 영악스러운 것 같기도 하고 어찌 보면 어리석은 것 같기도" 한 양면성 때문에 '연구의 대상이라고 했다. 주지하다시피 '영악스럽다'란 말은 인간의 본질이 다른 동물에 비해 이성적인 사고를 할 수 있다고 보는 인간관에서 비롯된 인간의 학명學名이다. 시제詩題가 된 '호모 스튜피드'는 인간의 양면성 중 인간의 어리석음을 뜻한다고 말할 수 있다. 시詩 '호모사피엔스homo Sapiens' 를 통해 홍문식 시인의 시작 근간을 알아보자.

대저大抵

인간이란 어떻게 생겨먹은 짐승들일까

어떻게 보면 하는 짓이 개만도 못한 것 같고

또 어찌어찌 살펴보면

신보다도 더 위대한 것도 같고

스스로 신에 가깝다고 떠들어대는 인간들

도대체 저들을 뭐라고 말을 해야

정확히 표현할 수 있을까

아무리 생각에 생각을 더해 봐도 도무지 이해가 안 간다

못 먹는 게 없고

못 하는 게 없을 뿐만 아니라

모르는 게 없는 것 같은데도 하는 짓은

더듬이 떨어져 나간 개미처럼

제자리를 벗어나지 못하고 맴돌기만 하고 있으니

도대체 어디 까질 믿어야 하고

믿을 수가 있는 것인지

영악스러운 건지 미련하고 둔한 건지

스스로 제 무덤을 파는 어리석은 인간들

—「호모사피엔스」 전문

위의 시에서 시인은 '스스로 신에 가깝다고 떠들어대는 인간들'을 '짐승'으로 표현하고 있다. 심지어 '개만도 못한 것', '더듬이 떨어져 나간 개미'로 비유하고 있다. 이 점을 주목해 보면 시인은 이성적이어서 만물의 영장이라고 우쭐대는 인간에 대한 회

의와 절망을 부정의 반어법을 사용하여 추악하고 위선적이고 비정하고 탐욕적이며 이기적인 인간들이 온갖 부정不正한 짓거리로 얼룩진 요지경 같은 세태를 차갑게 비웃으며 폭로하려는 의도를 가지고 반어적 시제를 선택한 것으로 생각된다. 시인의 눈에 비친 인간들의 모습은 '호모사피엔스homo Sapiens'의 반어反語 '호모인사피엔스homo inSapiens' 즉 호모 스튜피드homo stupid인 것이다.

이 시집에 실린 65편의 시 중 많은 비중을 차지하고 있는 것은 이처럼 양면성을 지닌 인간의 이율배반적인 모습을 보여 주면서 '스스로 제 무덤을 파는 어리석은 인간들'에 대한 냉소와 폭로로 부정적 인간을 혐오하고 세태를 개탄하는 내용이다. 이와 같은 현실에서 시인은 인간의 본성을 밝히고 무너진 인간성 회복에 대한 희망의 불씨를 살리고자 구원과 소망을 노래하고 있다.

1. 인간의 본성 - 사단四端

이제 작품을 통하여 시인이 회복하고자 하는 인간의 본성을 밝혀 보기로 하자. 먼저 서시序詩인 「초심」을 살펴보면.

결코 잊지 않으리라
처음 그 마음을

하늘을 우러러 부끄럽지 않게 살리라

절대로

미워하지도 않고 증오하지도 않으리라

속진의 때를 묻히지도 않으리라

세속에 물들지 않으리라

욕심 없이 살고

비굴하게 살지도 않으리라

뿌린 만큼만 거두며 아름답게 살리라

낭비하지 않으리라

어렵다고 좌절치도 않으리라

별 헤는

순수한 마음으로 살리라

이른 새벽 길어 온 정화수처럼

그렇게 맑고 깨끗하게

인간답게 살리라

—「초심」 전문

사람이 세상을 살다보면

자신이 자신을 바로 세워야 할 때가 있다

잘할 수 있다고 잘하고 있다고

감독이 선수에게 용기와 자신감을 불어넣듯

내가 나에게 용기를 불어넣고 격려를 해야 할 때가 있다

– 중략 –

그러니 착하고 바르게 살도록 노력해야 한다

나중을 생각해서

—「세상 사는 법」 부분

서시 「초심」을 비롯한 이 시집에 담긴 시들은 모두 홍문식 시인의 체험적 삶의 이야기를 고백한 것으로 시적 화자를 시인 자신으로 보아도 큰 무리는 없을 것 같다. 이 시는 순수했던 젊은 날에 부끄러움, 미움, 증오, 속됨, 욕심, 비굴, 낭비, 좌절 없이 '뿌린 만큼만 거두며 아름답게, 인간답게 살으리'라고 스스로에게 했던 삶의 다짐을 재확인하는 노래이다. 교육대학을 나와 때묻지 않은 약관의 나이에 박봉의 교직을 천직으로 알고 안빈낙도安貧樂道와 순수純粹한 인간성을 추구하면서 부끄럽지 않게 살겠다고 마음속에 깊이 품고 살아왔던 삶의 다짐을, 세월이 흘러 어느덧 고희古稀를 앞두고 있는 지금의 자신에게 다시 한 번 초심을 상기시키면서 시의 첫머리에 도치법을 써서 '결코 잊지 않으리라 처음의 그 마음을' 하고 '잊지 않으려는 마음'을 강조하고, 무려 열 한번이나 미래의 의지를 나타내는 종결어미 '~ 리라'를 반복하여 삶에 대한 다짐의 의지를 강조하고 있다.

약관에서 고희까지 50년, 무려 반세기를 살아오는 동안 초심을 유지하기란 결코 쉽지 않았으리라. 숱한 유혹의 시련에 흔들려도 보았을 테고, 시행착오로 실의와 좌절도 맛보았을 것이다. 그래서 시인의 삶에 대한 인식을 보여주는 「세상 사는 법」 시에서, 그럴 때마다 '스스로를 격려하고, 용기와 자신감을 주고 때론 절제된 규제로 제동'을 걸어 흔들리는 자아를 다잡고, '착하고 바르게 살도록 최선을 다 해야 한다.'고 스스로에게 답하고 있다. 인간은 본디부터 착한 마음을 가지고 있다고 본 것이다. 그러면 착한 마음이란 무엇일까?

착하게 산다는 것은 결국 인간의 본성인 사단四端 즉 측은지심惻隱之心, 수오지심羞惡之心, 사양지심辭讓之心, 시비지심是非之心을 가지고 인仁·의義·예禮·지智의 덕德을 실천하며 사는 것이다. 그것이 바로 인간답게 사는 길이라는 것을 시인이 강조하는 것은 아닐까.

2. 세상은 요지경

그러나 안타깝게도 시인의 눈에 비친 우리의 현실은 인의예지의 덕德을 실천하는 착한 삶의 모습보다 비인간적인 삶이 도처에서 볼록렌즈로 클로즈업되어 목격되고 있다. 시인은 인간의 해이해진 도덕과 탐욕의 행태는 가정과 사회는 물론 국가의 존립마저 위협하고 이젠 그 정도가 극에 달해 지구 멸망의 위기까지 초래하고 있다고 경고하고 있다.

친구

친구가 급하다며 돈100만원을 빌려갔다 가지고 있는 돈이 없어
마이너스 통장에서 돈을 빼 마누라 몰래 빌려 주었다 사흘 안으로 갚겠다고 하더니만 빌려간 이후로 꿩 궈먹은 소식이다 그 친구 꼴을 보지 못했다 모임에도 나오지 않았다

도둑놈들

퇴근길에 사거리에서 신호를 기다리고 있는데 웬 사내가 다가와 회사의 재기를 위해 사원들이 나섰다며 물품 구입을 호소했다 나는 그 말을 곧이곧대로 믿고 두 개씩이나 구입을 했다 아내에게 이야길 했더니 속았다고 했다 그런 놈들이 있으니 회사가 망할 수밖에

중신

여식의 중신이 들어왔다 좋은 집안에 대학까지 나왔고 결혼하려고 집장만까지 다 해놓아 몸만 가면 된다며 중신어미가 총각 자랑을 열 댓발이나 늘어놓았다 혹시나 해서 알아보았더니 사람이 조금 덜 떨어졌다고 했다 세상에 믿을 놈이 없다

속 알박이

고들빼기김치가 먹고 싶어 퇴근길에 길거리에서 시골 할머니가 파는 고들빼기를 사왔다 돌아가신 어머니 생각이 나 단도 보지 않고 샀다 거스름돈도 받지 않았다 다듬으려고 단을 풀어보았더니 속에는 아주 못 쓰게 된 것들로 채워져 있었다. 속은 것 같다

밥 한 번 먹자

아는 사람이 이웃으로 이사를 왔다 전에 한 번 도움 준 적이 있어서인지 만날 때마다 밥 한 번 먹자고 했다 나는 그 말을 믿고 그가 불러 주기만을 기다렸는데 그게 벌써 3년이 넘었다 이젠 그가 밥 한 번 먹자고 해도 그러려니 한다

카톡

매일 좋은 말을 카톡으로 보내오는 지인이 있다 사람은 빈손으로 왔다가 간다면서 봉사활동도 많이 하고 나누며 살라는 내용이 많았다 나는 그가 나눔을 실행하는 멋진 사람인 줄 알았다 아니었다 그가 인색한 사람이라는 것을 최근에 알게 되었다

카드

아내와 시장 구경을 갔다 아내가 노점에서 물건을 사면서 자기는 카드뿐이라 현찰을 빌려달라고 했다 나는 그 말을 철썩 같이 믿고 빌려주었더니 딴소리를 했다 나만 먹는 게 아니고 당신도 같이 먹는 것이니 반만 주겠단다 이제는 아내도 믿을 수 없을 것 같다

—「볼록렌즈로 들여다보기」 전문

지금 우리는 불신시대에 살고 있다. '볼록렌즈로 들여다본' 세상은 우정을 배신으로 갚는 친구, 악어의 눈물로 연민을 훔치는 상인들의 사기, 인륜지대사의 혼사마저도 불신시키는 중신에미, 고들빼기 속 알박이로 효경심에 찬물을 끼얹는 할머니의 신의, 말言이 믿음信이라는 사실도 모르고 진정성 없는 인사로 헛갈리게 하는 이웃, 카톡 없이는 하루도 살 수 없는 모빌리쿠스Mobilicus의 공해에 가까운 카톡 문자 폭탄의 가증스러운 위선, 심지어 딴소리하는 아내조차 그야말로 믿을 놈 하나 없는 요지경이다.

난 아무래도 이 세상에 잘못 온 것 같다 세상이 이렇게 요지경 속 같이 이상한 곳인 줄도 알았더라면… 오지 말았어야 했다

세상은 확실히 요지경 속이다 그래서일까 요지경 같은 일이 벌어져도 사람들은 아무렇지가 않는가 보다 오히려 이상한 것 같다고 말하는 내가 더 이상 한 것 같다 요지경 세상에선 결혼 안 한 처녀가 애를 낳아도 결혼한 여자가 모텔을 드나들어도 하나도 놀랄 일이 아니다 그러니 대학까지 나와 빈둥거리는 자식 놈한테도 잘잘못을 따질 일이 아니다 나랏돈은 먼저 먹는 놈이 똑똑한 놈이고 못 먹는 놈이 병신이다 위정자들이 제 뱃속 불리는 데만 혈안이 되어 있으니 나라가 망한다 한들 눈이나 깜짝하겠는가 아이를 낳지 않아 노인천국이 된다 해서 여자들을 탓할 일도 아니다 부모를 모시고 산다면 미친 사람 취급해 정신병원에 보내려고 하는 것도 이해가 간다 세상 말세다 허긴, 나 같은 도둑놈이 도덕경을 논하고 돈이면 안 되는 게 없는 세상이니 더 이상 무슨 말이 필요하랴 …

세상이 요지경 속인 줄 몰랐던 난 아무리 생각을 해도 이 세상에 잘못 온 것만 같다

—「난 이 세상에 잘못 온 것 같다」 전문

부부 관계, 부모 자식 관계가 무너진 지는 이미 오래고, 나랏돈이 줄줄 새고, 위정자조차 제 뱃속 채우기에 급급한 부패한 세상에, 인륜 도덕 충효는 헌신짝처럼 버려지고 없다. 오직 부도덕不道德하고, 황금만능주의에 눈이 먼 이기적利己的인 인간들의 온갖 부정不正한 짓거리로 얼룩진 이 세상은 요지경이 아닐 수

없다.

> 오늘 난 짐승만도 못한 인간을 보았다
> 짐승인 개도 그렇게는 하질 않는다
> 코가 막히고 기가 찰 노릇이다
> 그 광경을 목격하고도 말 한 마디 못했던 나는
> 내가 인간인 것이 참으로 부끄러웠다
> 나는 왜 지금까지 인간이 만물의 영장이라는 생각을 했을까
> 깨끗한 척해도 썩은 내를 풍기는 인간들
> 한 면만 보고 전체를 매도해서는 안 되겠지만
> 신은 어디서 뭘 하고 자빠졌는지
> 저런 인간들 잡아가지 않고 뭘 하고 있는 건지
> —「개만도 못한 인간들」 부분

급기야 시인은 '개만도 못한 인간들'에서 짐승만도 못한 인간의 행위를 목격하고도 한 마디 말도 못한 자괴감을 고백하며, 이들을 벌하지 않는 신을 무엄하고 불경스럽게 능멸하면서 '빌어먹을 놈의 세상 개만도 못한 인간들'이라고 개탄하고 있다. 화자가 목격한 개만도 못한 인간들의 행위는 구체적인 상황이나 장면의 정보 없이 '그 광경'이라고 표현하여 우리의 기억과 상상력을 자극하고 있다. '그'는 인칭대명사나 지시대명사로 쓰인 것이 아니고, 이미 말한 것 또는 서로 이미 아는 것을 가리키는 관형사적 기능으로 쓰인 것이다. 따라서 '그'의 정체를 우리의 머리 속에서 불러내어 환기시키는 것은 고스란히 독자의 몫이다. '짐

승인 개도 그렇게는 하질 않는' 일로 천벌을 받아야 마땅한 일이 올 한 해에도 과연 얼마나 많이 저질러졌던가? 차마 시인은 그 말을 입에 담고 싶지 않았으리라. 이런 데도 누가 인간을 호모사피엔스라고 했단 말인가.

온실가스 때문에
지구의 평균기온이 2℃씩이나 높아지고
북극과 남극의 빙하가 빠르게 녹아내린다고 하는데
해수면이 65m나 상승한다는데
플라스틱 쓰레기가 태평양을 뒤덮었다는데
미세먼지 때문에 죽겠다고 난리들인데
지구의 멸망이 20년 1월1일 현재 18년 77일밖에 안 남았다는데
발등에 불이 떨어져 인류가 전멸을 한다는데도
눈도 깜짝하지 않는 인간들
간이 큰 건지 정신이 나간 것인지
그게 나하고 무슨 상관이냐는 듯
설마! 인류가 멸망한다는데 가만히 있으려고
어떻게 되겠지 무슨 수가 나겠지
죽으면 나만 죽나
다들 제정신이 아니다 미쳐도 단단히 미쳤다
돈은 벌어서 뭘 하겠다는 것인지
돈만 쥐고 있으면 살 수가 있는 것인지
아무리 생각을 해도 이해가 가질 않는다

바보 등신 머저리 같은 인간들

지구가 멸망을 한다는데도 정신을 못 차리고

이런 말 할 시간조차도 없는데

―「호모 스튜피드」 전문

상생이란 함께 사는 것이다

무소의 뿔처럼 혼자서 가려 하질 말고

다른 생명체들과 함께 하기를

멸망하지 않으려면

지금 거기서 더 나아가지 말고 멈추기를

유아독존은 다 함께 죽자는 것

너와 나 우리 모두의 영원한 삶을 위해선

더 이상 나아가지 말기를

거기가 마지노선이고 마지막 기회라는 것임을

생각에 생각을 더 해 보기를

어찌해야 되겠는가를

배려할 때 빛나는 게 사랑이라고

아무리 인간을 위해 만든 세상이라곤 하지만

이 세상천지엔

우리 인간들만 사는 게 아님을 명심하기를

미물들이 살 수 없으면 인간도 살 수 없음을 알기를

과욕은 화를 부르는 법

아끼고 배려해가면서 함께살기를

번영과 멸망은 우리가 결정할 일

뿌린 대로 거두는 것임을.

—「경고」 전문

얼마 전 제주 앞바다에서 사체로 발견된 참고래의 뱃속을 부검해보니 1m가 넘는 낚시줄이 나왔다고 한다. 상생의 배려심이 없는 인간의 탐욕적인 행위가 12.6m에 무게가 12t이나 되는 참고래를 죽음으로 몰고 간 것이다.

지구가 멸망하고 있다는 몇 가지 징후로 슈퍼 화산의 분화 조짐, 급격한 기후의 변화, 바닷물의 산성화 등이 있다. 그 여러 징후와 연관되어 지구를 멸망으로 이끄는 가장 유력한 용의자는 바로 인간이다. 포항 지진에서 보여 주듯이 어리석게도 마그마층을 건드리고 있는 것도 인간이고, 기후 변화의 주범도 인간이지만 그걸 깨닫지 못하고 지구온난화를 막아보겠다는 사람들이 기후변화협약조약회의에서 맺기를 바랐던 교토의정서조차 자국의 이익과 부합하지 않는다고 초강대국들이 탈퇴하는 바람에 그 효력이 무력화되고 유명무실해지고 말았다.

최근 미국 뉴욕 유엔본부에서 열린 기후행동 정상회의에서 "우린 대멸종의 시작점에 서 있는데 여러분은 오로지 돈과 동화 같은 경제 성장 얘기만 하고 계십니다. 어떻게 그러실 수 있습니까?"라고 일갈하며 더 이상 우리를 실망시킨다면 결코 용서하지 않을 것이라고 레이저 눈빛으로 도널드 트럼프 미국 대통령을 꾸짖어 우리를 부끄럽게 했던 16세의 스웨덴 출신 청소년 환경운동가 그레타 툰베리가 화제가 되고 있다. 그 소녀는 학교를 결석하고 스웨덴 의사당 밖에서 기후변화 대응 행동을 촉구하는 '학교 파업' 시위를 했고 환경을 위해 비행기 탑승을 거부하고 영국에서 뉴욕까지 15일간 친환경 요트를 타고 이동해 큰 화제가 되고 노벨상 후보에 오르기도 했다. 눈에 띄는 모든 것을 먹어 치우는 지구상의 최상위 포식자 인간은 많은 생물을 그 서식지에서 몰아내고 대량으로 죽이는 일을 서슴지 않고 있다. 이 같은 행태가 지속된다면 자연의 균형이 무너지며 그 부메랑이 다시 인간에게 돌아오지 않는다고 누가 장담할 것인가.

「경고」는 위와 같은 지구 멸망의 징후를 구체적인 상황이나 사물로 제시하지 않고 기원형 어미로 '~ 함께 하기를, ~멈추기를, ~말기를, ~생각을 더해보기를, ~명심하기를' 간절히 소망하며, 명령형 어미로 '~살 수 없음을 알라, ~배려해가면서 살라'고 준엄하게 경고하면서 인간들의 이기적인 탐욕과 과소비를 경계하고, 상생을 위해 아끼며 배려하고 사랑하는 측은지심의 발현을 촉구하고 있다.

> 이 삭막한 세상에
> 아직까지도 그런 얼빠진 놈이 있었다니
> 그놈, 혹시 미친놈Crazy guy 아냐
> 제 정신 가진 인간이 어떻게 그런 짓을 할 수 있겠어
> 미친놈, 정신 나간 놈
> 할 일 없으면 잠이나 자든지
> 그렇게도 할 일이 없어
> 고생 고생해 힘들게 번 걸 남한테 왜 퍼주는데
> 가난은 나라도 구제하질 못한다는데

눈뜨고 있어도 코 베어 가는 세상인데
아직도 그런 미친놈이 있다니
안 먹고 안 쓰고 뼈 빠지게 벌어서
남 좋은 일이나 시키다니
그런 정신 나간 얼간이가 어디 있어
하긴 그런 놈이 있기 때문에 세상은 살만하다고 하지만
아무나 미치는 게 아니라고
사기치고 도둑질 하는 놈은 절대로 안 되지
낙타가 바늘구멍 통과하기가 쉽지
나눔이 얼마나 어려운 일인지 알기나 하고
미치지 않고서는 불가능하지
어때,
당신도 한 번 미쳐보는 게

—「미친놈Crazy guy」 전문

하지만 세상엔 탐욕적이고 위선적이고 비윤리적인 인간들만 있는 것은 아니다. 이 시에서 '그런 짓'은 '안 먹고 안 쓰고 뼈 빠지게 벌어서' '나라도 구제하지 못하는 가난'한 이웃에게 베푸는 얼굴 없는 기부 천사의 행위 즉 '나눔'을 의미하고 있다. 그러나 '나눔은 얼마나 어려운 일'인가. 나눔은 '낙타가 바늘구멍을 통과하'는 일보다 어려워서 그야말로 이웃에게 나누며 베풀고 살겠다는 올곧은 자기 신념信念에 '미치지 않고서는 불가능한'일이기에 미친놈이란 시에서 시인은 '미친놈, 얼빠진 놈, 얼간이'라는 말은 반어법이고, 이들이 있기에 세상은 아직 살만한 것이 아닐까라며 권하는 게 아닐까.

해마다 세모가 되면 구세군의 자선냄비와 사랑의 온도탑이 거리에 등장하고, TV 화면에 성금해 주신 분들의 자막이 나오고, 1억 이상 고액 기부자 모임인 아너 소사이어티Hon0r Society에 새로 가입한 회원들의 선행이 신문에 화제가 되곤 한다.

그런데 올해에는 정말 생각지도 못한, 어처구니없는 일이 벌어져 아연실색케 했다. 전주의 한 동에 2000년부터 자신의 이름과 얼굴을 공개하지 않고 '어려운 이웃을 위해 써 달라'며 주민센터 인근에 놓고 간 성금 상자가 그만 감쪽같이 사라진 것이다. 다행히 절도범이 잡히고 도난당한 성금 상자가 돌아와 뒤늦게 전달되었다고는 하지만 인간에 대한 실망감이 이만저만이 아니다. 정말로 '나눔'은 '사기치고 도둑질하는 놈은 절대로 안되'니 도둑놈은 결단코 '미친놈Crazy guy'이 될 수가 없다고 한 이 시의 압권은 마지막 구절이다. '어때! 당신도 한 번 미쳐보는 게'하면서 시인이 평소 단양특유의 악센트와 장난기 있는 말투로 밝고 선하게 씨익 웃으면서 지금 마치 내 어깨를 정겹게 탁 치는 듯한 착각에 빠지게 한다. 이 또한 측은지심의 발로이다. 시인이 가볍게 툭 던지듯이 우리에게 던진 이 한 마디는 결코 가벼운 말이 아니라 인간성 회복의 불씨를 지피라는 노골적인 주문으로 들린다, 반어이니까.

> 날개가 있다는 것은 몸이 가볍다는 것이다
> 욕심이 없다는 것이다
> 새는 날기 위해 속을 비웠다고 한다

속을 비웠다는 것은 죄를 짓지 않겠다는 명백한 증거다
천사는 하느님의 전령사이다
잠자리는 가을의 전령사다
나비는 봄의 전령사다
잠자리와 나비, 천사는 날개가 있지만 새는 아니다
동피랑* 벽화마을에 그려진 날개 앞에 섰다
나도 날개 달린 새가 되고 싶었다
그래도 나는 천사가 아니다
날개는 있으나 마나다
천사되기가 이렇게 힘든지 몰랐다

—「나는 새가 아니다」 전문

일찍이 박남수 시인은 시 「새」에서 "– 포수는 한 덩이 납으로 그 순수를 겨냥하지만 매양 쏘는 것은 피에 젖은 한 마리 상한 새에 지나지 않는다."고 노래했다. 순수로 명명된 새를 통해 삶의 순수성을 추구하지만 인간의 잔혹함과 비정함으로 인해 늘 순수함은 파괴될 뿐이지 결코 이루어질 수 없음을 노래한 시이다. 홍문식 시인의 「나는 새가 아니다」는 화자가 통영의 동피랑 벽화마을에 그려진 날개 앞에서 모든 욕심을 비우고 죄 없이 순수한 하나님의 전령사 천사가 되고 싶었지만 결코 이루어질 수 없음을 토로하고 있다. 이 시 역시 순수를 지향하는 시인의 시작태도를 엿볼 수 있다.

3. 교육자의 사명감

정년퇴임을 하고 교단을 떠났다고 스승이 아니겠는가. 자나깨나 교육은 시인의 관심사이고 영원히 풀리지 않는 숙제이기도 하다.

사도는 뒤주 속에 갇혀
죽었다 숨이 막혀
과도한 집착이 빚은 병폐病弊였다

사도는 여러 사람들이 지켜보는 가운데
비아냥과 손가락질을 받아가며
고통스럽게 죽어 갔다

사도가 죽게 된 것은
자신의 탓보다
부모의 기대가 컸기 때문이었다.

치맛바람은 광풍狂風이다

사도師道가 죽고 나면
다음 차례는
군도君道와 부도父道의 몰락일 것이다

음풍陰風이 휘몰아치고 있다

어찌해야

다시

사도를 살려낼 수 있을지

—「사도師道」 전문

시인은 현직에 있을 때나 지금이나 여전히 학부모의 과열된 교육열로 무너진 사도師道를 아버지의 과도한 집착으로 뒤주에 갇혀 죽어간 사도세자의 사도思悼와 동음이의어로 환치시켜 위기의 우리 교육 현실을 풍자하고 있다.

부모가 자식에게 거는 기대는 동서고금이 다를 바 없고, 그것이 지나쳐 사회적으로 병폐를 일으키는 것도 동서東西가 다르지 않다. '몬스터 페어런트Monster Parent'는 괴물을 뜻하는 몬스터Monster와 부모를 뜻하는 페어런트Parent의 합성어로 자식에 대한 굴절된 애정으로 학교와 교사들에게 터무니없게 자기중심적이고 비상식적이고 불합리한 요구를 하는 괴물 같은 학부모를 가리키는 말이다. 이들은 머리채를 잡거나 멱살을 잡고 위협을 가하는 공격성이 강한 것이 특징이다. 그들의 행패가 사랑이 넘쳐나야 할 학교를 파괴하고 사명감으로 가득찬 교사들의 가슴을 얼마나 멍들게 하였는지 오죽하면 괴물이라고 불렀겠는가. 이런 부모를 보고 자식들이 무엇을 배우겠는가? 마침내 '몬스터 칠드런Monster Children'이라는 괴물까지 출현한 것은 오히려 너무나 당연한 게 아닐까?

한때 치맛바람의 광풍으로 교권이 나락으로 실추되고, 김영

란법이 제정되고, 스승의 날은 휴업일이 되어 교문을 닫는 웃지 못할 소동을 한바탕 치르기도 했다. 아직도 심심찮게 들려오는 교권에 대한 무지막지한 폭력적 뉴스들은 우리를 슬프게 한다. 무너진 교권을 회복하는 일은 시급하지만 그 해결책은 결코 쉬운 일이 아니다.

당신들도 이견이 없으리라 믿는다
지금 우리의 미래가 불확실 하고 아주 비참하다는 것을

우리의 비애는 먹물을 주입하면 따스한 인간을 만들 수 있다고 생각한데서 빚어졌다
각양각색의 인간을 천사 같은 완벽한 인간으로 만든다는 게 불가능한 일이라는 걸 알지 못했다
그럼에도 불구하고 주도면밀하지 않은 안이한 방법으로
먹물을 주입했다는 것은 요행수를 바랐던 것

인간의 머리에 먹물을 주입한다는 것은 결코 쉬운 일이 아니다
고도의 정밀함과 신중함을 요하는 어려운 일이다
성공을 바란다는 자체가 미친 짓이다

실수가 빚은 참혹한 결과들을 똑똑히 보라
어떤 결과를 빚었는가?
광복 이후 우리는 아름다운 인간을 만들고자 노력했으나
우리가 만든 인간은 전부 실패작들뿐이었다

불량품은 아니어도 사이보그 인간 같이 가슴이 차가운 인간들뿐이었다
인간이 인간을 만든다는 게 얼마나 무모한 일이었든가
연습을 할 수도 없고 잘못 만들었다고 폐기할 수도 없다는 걸 염두에 두었더라면
좀 더 신중에 신중을 기했어야 했다
다른 방법을 강구했어야 했다

인간다운 인간을 만드는 일은 사명감이 없이는 불가능한 일
세상에 이보다 심사숙고해야 할 일은 없을 것이다
그럼에도 불구하고 인간들이 하는 짓이란
멀리 내다보지도 않고 손쉬운 생각들만 하고 있으니

편한 생각과 눈앞의 이익만 생각하고 있으니
—「비애」 전문

인간이 슬기롭지 못한 것 같아
슬기로워지라고
슬기로운 생활이라는 교과를 만들어 가르쳤는데
하나도 슬기로워지지를 않았다
인간이 인간답게 생활하지 못하는 것 같아
바른생활 교과를 만들어 가르쳤으나
하나도 바르게 되지를 않았다
인간들이 즐거운 생활을 영위하지 못하는 것 같아

즐거운 생활을 하라고

즐거운 생활 교과를 만들어 가르쳤는데도

아무도 즐거운 생활을 하지 못한다면

책이 문제가 아니라

책을 만든 사람이나 가르치는 사람한테

문제가 있다는 걸 왜 모르는지

허긴 도둑놈도 도둑놈이라고 부르면

기분 좋아 할 놈이 없응께

—「문제는 다른 곳에」 전문

「비애」는 40여 년을 오로지 교단에 몸 바쳐온 시인의 자기 반성적 고백이다. 시인은 "지금 우리의 현실이 불확실하고 아주 비참하다"고 동의를 구하며 이것은 입시교육이 빚은 참혹한 결과라고 실수를 인정하고 있다. 자신의 교육은 사이보그같이 "가슴이 차가운 인간들"만 만들어낸 실패작들뿐이었다고 반성하면서 눈앞의 이익에 급급한 무리들을 향해 혀를 차듯 개탄하고 있다. 그야말로 교육은 국가의 동량을 길러 내는 백년대계가 아닌가, 교육은 한 나라의 흥망을 좌우한다고 해도 과언이 아니다.

시인은 「문제는 다른 곳에」 라는 시에서 우리 교육의 문제를 "책이 문제가 아니라 책을 만든 사람이나 가르치는 사람한테 문제가 있다는 걸 왜 모르는지"라면서 현행 교과서를 집필한 사람들과 교사들의 사명감 결여에 있다고 진단하면서 꾸짖고 있다.

정말로 우리 교육에서 무엇이 소중한지 심사숙고해야 할 일은 "인간다운 인간을 만드는 일"이다. 이를 위해서 교과서 집필에서부터 가르치기까지 모두가 사명감으로 재무장되어야 한다. 투철한 사명감과 가슴을 따뜻하게 하는 인성교육만이 우리의 더할 수 없이 슬프고 끔찍한 현실과 불확실한 미래를 구할 수 있는 해결책이라며 시인은 이를 촉구하고 있는 것이 아닐까.

4. 인간성 회복을 위한 구원의 기도

이제 시인은 고희를 향해 빠르게 달려가는 세월을 달래가며 한 살 더 먹어 다급해진 새해 첫날부터 불확실한 미래에 선명한 한 획을 긋기 위해 불안으로 불면의 밤을 지새우며 영혼의 방황을 계속하고 있다. 그리고 노을이 지면 서산 개심사에 가서 마음을 비우는 수련을 하고 싶단다.

노을이 질 때 서산 개심사에 가보고 싶다
거기서 내 삶을 되돌아보고 싶다
석양 노을에 이우는 연꽃을 바라보며
개심사 입구 통나무 다리에 기대어 서서
껄끄러운 욕심을 내려놓고
사람이 어떻게 이울어야 하는가
그것을 깨우치고 싶다
욕심이 많아 갖고 싶은 게 많아 번뇌가 깊어
이대로 죽기에는 죄과가 너무 큰 것 같아
마음 편히 죽을 수 없을 것 같다
영원히 살 수만 있다면 영원히 살고 싶지만…

그렇게는 안 되니
마음을 비워야지 어떻게 하겠는가
꽃이 어떻게 이우는지
서산 개심사에 가서 깨우치고 싶다
노을이 질 때
—「마음 비우기」 전문

종이쪽지 한 장이 운명運命을 가르던 때
입 있는 자들은 모두 어상천엔 가지 말라고 했다
더구나 피 끓는 청춘은 갈 곳이 아니라 했다
한 번 들어가면 나올 수 없는
험난하고도 지옥 같은 곳이라고 했다
더더구나 도회생활에 젖었던 사람은 못살 곳이라 했다
무주구천동이나 삼수갑산보다 더 오지奧地라 했다
버림받은 사람만이 가는 곳이라 했다
우리들에게 어상천은 그렇게 지옥보다 더한 곳으로
뇌리 속 깊이 각인되었다
어상천은 사람이 살 수 없는 곳인 줄로만 알았다
공부 못한 찌질한 놈들만 가는 곳이라 했다
재수 옴 붙은 놈만 가는 곳인 줄 알았다
그런 어상천에 나는 위리안치 되었다
헌데 막상 들어가 보니 천국이 따로 없었다
법 없이도 살아가는 착한 사람들
어상천은 아무나 갈 수 없는 곳처럼

속진俗塵의 때 묻은 사람이 가선 안 되는 곳이었다
나는 그곳에서 내 삶을 반성하고
법 없이도 살 수 있는 착한 천국인天國人이 되었다
어상천은 아무나 갈 수 있는 곳이 아니었다
선택 받은 자만이 갈 수 있는 곳이었다
—「위리안치圍籬安置」 전문

엘로이 엘로이 라마 사박다니

주여 당신께서는 아흔아홉 마리의 양보다
길 잃은 한 마리의 양을
애타게 찾는다고 하시지 않으셨습니까
주여 저희는 지금
사막 한가운데에서 길을 잃었습니다
저희에게 구원의 손을 뻗치시어
갈 길을 알려 주시옵소서
저희는 길 잃은 양처럼 광야를 헤매고 있습니다
저희가 어느 쪽으로 가야 할지
어디로 가야 이 목마름을 해소할 수 있는
오아시스를 찾아낼 수 있을지
어찌해야 멸망의 구렁을 벗어날 수 있을지
갈 길을 인도해 주시옵소서

주여 당신은 어디에 계시옵니까

저희가 당신을 애타게 찾고 있나이다
주여 구원의 빛을 비추시어
고통에서 벗어날 수 있도록 하시옵소서

주여 이 백성들을 저버리지 마옵소서
—「엘로이 엘로이 라마 사박다니」 전문

순수했던 젊은 날 단양의 오지 금빛 골짜기에서 봉직하면서 삶을 반성하고 천국을 경험한 시인은 이렇게 기도하지 않았을까?

나의 하나님 나의 하나님 왜 저를 버리셨습니까?

주여! 제가 이성을 잃고 '신은 어디서 뭘 하고 자빠졌는지 저런 인간들 잡아가지 않고 뭘 하고 있는 건지'라며 하나님의 존재를 의심하고 무엄하고 불경스럽게 능멸한 죄를 벌하여 주시옵소서.

제 마음의 천국 단양 어상천으로 저를 다시 위리안치시키시어 그곳에서 제 삶을 반성하게 하시고 동피랑에서 그토록 달고 싶었던 천사의 날개를 다시 달 수 있게 해주시옵소서.

50여 년 전 때 묻지 않은 제 영혼이 아직도 살아 숨 쉬는 젊은 날의 성지聖地, 소백산 아래 기슭의 고수동굴, 천동동굴이 숨어 있고, 은사시나무잎의 가벼운 떨림으로 눈부신 햇살이 가루처럼 부서져 내리던, 금빛 골짜기金谷의 교정校庭을 밤마다 방황하다 새벽녘 지친 몸으로 돌아오는 저의 영혼을 가엾게 여겨주시옵소서.

주여! 저를 비롯하여 길을 잃고 광야를 헤매는 불쌍한 이 백성들을 긍휼히 여기시어 사악함과 탐욕과 위선과 이기심을 비우게 하시고 다시 초심으로 돌아가 측은지심, 수오지심, 사양지심, 시비지심으로 넘치게 하여 진정한 호모사피엔스가 되어 인의예지의 덕을 실천하며 상생하는 아름다운 삶, 인간다운 삶을 살게 하여 주시옵소서. 라고

공자는 『논어論語』 위정편爲政編에서 '내 나이 칠십에 마음이 하고자 하는 바를 따라도 법도를 넘지 않았다.' 七十而從心所欲不踰矩고 했는데 이제 고희를 바라보는 시인은 '마음 비우기'에서 "노을이 질 때 서산 개심사에 가서 이우는 연꽃을 바라보며 마음을 어떻게 비워야 할지, 사람이 어떻게 이울어야 하는지를 깨우치고 싶다"고 했다. 대중가요 노랫말처럼 인간은 늙어 가는 것이 아니라 익어가는 것이라 했으니 아름답게 익어가는 홍문식 시인의 종심편從心編이 자못 기대가 크다.

끝으로 설화舌禍 정도는 아니지만 취중농담醉中弄談으로 자초한 무거운 짐을 혹여 작품에 누가 되지 않을까 저어하는 마음과 함께 졸고로 대신 마무리하며 시인의 건강과 정진을 빈다.

홍문식

홍문식 시인은 충북 단양에서 태어났고, 2013년『영남문학』으로 등단했으며, 시집으로는『이상한 계산법』,『미필적 고의』,『사에 이르는 길』,『oh my God』,『나쁜 여자 나쁜 남자』등이 있다.

『호모 스튜피드』는 여섯 번째 시집이며, '인문학적 상상력'과 '생태학적인 상상력'을 절묘하게 변주해나가고 있다고 할 수가 있다. 인간성의 회복과 함께, 건강한 생태환경의 복원이야 말로『호모 스튜피드』의 시적 절규라고 할 수가 있다

이메일: ms10004ok@hanmail.net

홍문식 시집

호모 스튜피드

발　　행 2020년 2월 25일
지 은 이 홍문식
펴 낸 이 반송림
편집디자인 김지호
펴 낸 곳 도서출판 지혜 · 계간시전문지 애지
기획위원 반경환 이형권
주　　소 34624 대전광역시 동구 태전로 57, 2층 도서출판 지혜 (삼성동)
전　　화 042-625-1140
팩　　스 042-627-1140
전자우편 ejisarang@hanmail.net
애지카페 cafe.daum.net/ejiliterature

ISBN : 979-11-5728-390-3 03810
값 10,000원